Frei wie der Wind – Kayas Pferdeabenteuer in Afrika

Gaby Hauptmann

Frei wie der Wind

Kayas Pferdeabenteuer in Afrika

Planet Girl

Für alle Kaya-Fans, die schon so lange dabei sind:

Kerstin Bentz
Karin Krüger
Möppi Fox
Jule Bayer
Valeska
Madi Lisa
Jana Lailach
Li Schte
Marleen Heuschen
Jaqii Lutz
Al Andra
Fiona Van Morrison
Victoria Launay
Miriam Tonhäuser
Katharina Haller
Jacky Serve
Isabella Hausotter
Doerthe Fox
Lara Wohjan
Carolin Bauer
Isabelle Frank
Lea Gansslöser
Sarah Zeuner
Jenny Falkenhain
Anne
Eva Wülfing
Kerstin Schu
Kristin Stockhaus
Naomi Eb
Franzi Schönweiler
Tamara Billing
Jasmin Schulz
Julia Shortino
Bertie Von Finke
Cirsten Pilger
Luisa Hofmann
Lena Ehrchen
Sarah Elbers
Ania He
Diana Re
Marie Thiele
Nele Schimmelpfennig
Jana Schober
Lisa Wulff
Juliana Krumm
Anne Becker
Christina Brockgreitens
Jojo Tegeder
Amelie Linne
Jenny Wagner
NETTE
Martha Schabel
Alina Picker
Tyra Dopp
Franzi Tyc

1. Kapitel

Langsam legte Kaya ihr Handy auf das Englischbuch, in dem sie gerade noch gelernt hatte. Draußen fuhr der Herbstwind durch den Nussbaum, der in ihrem Garten stand, und ließ die trockenen Blätter bis an ihr Fenster fliegen. Dort rutschten sie taumelnd ab. Manche blieben auch an der vom Nebel feuchten Glasscheibe haften und bildeten ständig wechselnde Muster. Kaya sah es nicht. Ihr war gerade übel geworden. Eine Art von Übelkeit, die sich im Magen festkrallte und dann langsam nach oben kletterte, bis sie die Kehle zuschnürte und die Ohren dröhnen ließ. Kaya glaubte, ihr Kopf müsse platzen, weil sie keine Luft mehr bekam. Alles war in diesem Moment sinnlos geworden. Sie saß wie versteinert.

Wie lange sie so saß, wusste sie nicht. Irgendwann griff sie zu ihrem Handy und überprüfte, ob es auch wirklich stimmte. Ja, der letzte Anruf war von Chris gewesen. Es stimmte also. Er wollte für drei Monate nach Afrika. Drei Monate! Weg von ihr, jetzt, da doch alles gerade schön geworden war, jetzt, da sie spürte, dass auch er etwas für sie empfand, jetzt, da sie an eine Zukunft geglaubt hatte, sich ausgemalt hatte, wie schön es werden würde: gemeinsame Spaziergänge im Advent, Ausritte im Schnee, Kuscheln vor dem Fernsehapparat, alles das hatte vor ihr gestanden, bildlich, zum Greifen nah … Und jetzt? Jetzt war alles weg. Touché, aus und vorbei. Er ließ sie zurück. Wie Fallobst, dachte Kaya und eine neue Welle der Übelkeit erfasste sie. Sie hätte heulen können, aber es kamen keine Tränen.

Draußen senkte sich die Dunkelheit über den Garten, sie schaffte es nicht, die Lichter anzumachen. Sie saß einfach da und wollte untergehen, untergehen mit dieser Welt, die genau wie sie von Dunkelheit erfasst wurde.

Da wurde die Tür aufgerissen, ein Lichtschein fiel herein und mit ihm ihre ältere Schwester Alexa.

»Was ist denn …«, polterte sie, dann sah sie Kayas Silhouette vor dem Fenster. »Warum sitzt du denn im Dunkeln?«

Sie knipste das Licht an.

»Hey!«, sagte sie. »Wir warten! Das Essen wird kalt!«

Als sie keine Antwort bekam, schob sie ein »Was machst du denn?« nach. Und schließlich ging sie die wenigen Schritte durchs Zimmer auf Kaya zu. »Was ist denn los?«

Jetzt brach plötzlich der Damm und Kaya schluchzte auf. Sie sank vornüber auf die Schreibtischplatte und ließ ihren Kopf zwischen ihre verschränkten Arme sinken. Die Tränen schossen aus ihren Augen und gleichzeitig lief ihre Nase. Aber es war trotzdem ein befreiendes Gefühl. Dann spürte sie Alexas Hand auf ihrer Schulter.

»Was ist denn los? Ist was mit den Pferden?«

Das brachte Kaya nur noch mehr zum Heulen. Bei den Pferden kannte sie sich aus. Bei Chris nicht.

»Es ist alles so furchtbar«, heulte sie und ihr nächster Satz wäre »Ich bring mich um« gewesen, den verkniff sie sich aber. Sie wusste, dass sie sich nicht umbringen würde. Nicht für Chris und auch für sonst niemanden. Trotzdem. Im Moment fühlte sie genau so.

»Schwesterchen ...«

Wann hatte Alexa dieses Wort zuletzt gebraucht? Ewig her, dachte Kaya, während ihre Tränen im Ärmel ihres Pullovers versickerten. Sie war im Juni 16 Jahre alt geworden und Alexa war vier Jahre älter. Für Alexa war sie immer die »Kleine« gewesen, klar. Aber »Schwesterchen«, das war liebevoll, tröstend. Anders als sonst.

»Dann ist was mit Chris«, mutmaßte Alexa. »Stimmt's?« Sie zog sich einen Hocker herbei und setzte sich neben Kaya. »Hat er eine andere?«, wollte sie wissen und ihre Stimme klang einfühlsam, fast zärtlich. Das brachte Kaya noch mehr zum Weinen. Was war mit ihrer kratzbürstigen Schwester los? Früher hatte sie ständig befürchtet, Alexa würde ihr Chris wegschnappen. Schließlich war sie die toll aussehende große Schwester, die schon so erwachsen war, außerdem sexy Kurven hatte und nicht so schlaksig daherkam wie sie selbst.

»Nein«, schluchzte Kaya.

»Also nichts mit Chris?«, es klang fast enttäuscht. Da war sie wieder, ihre große Schwester. Hatte sie eine Sensation gewittert?

»Ach, lass mich«, wehrte Kaya ab und zog die Nase hoch. Sie hob ihren Kopf und einige Sekunden sahen sie sich schweigend in die Augen.

»Unser Kater lebt«, zählte Alexa auf, »deinem Pony geht es gut, unsere Eltern sind auch okay, unser Haus bricht nicht zusammen und unser Restaurant ist meistens voll, also wird mein Studium bezahlt und auch dein Sir Whitefoot. Was kann es also sein? Eine Sechs geschrieben? Bleibst du sitzen?«

»Das wäre mir egal«, sagte Kaya und selbst in ihren eigenen Ohren klang ihre Stimme trostlos.

»Eine Freundin? Krank? Was Schlimmes?«

»Chris geht nach Afrika. Gerade jetzt, wo es anfängt, gut mit uns zu laufen.«

»Nach Afrika?« Alexa setzte sich auf. »Na, so was«, sagte sie und ihre Stimme hörte sich plötzlich ganz anders an als eben noch. Aufgeweckt, interessiert. »Was macht er denn dort?«, wollte sie wissen.

»Dort gibt es ein Resort, nennt sich Daktari, hat er mir erzählt. Die kümmern sich dort um Kinder und wilde Tiere, oder so. Und dort will er drei Monate hin. Als Volunteer, also Praktikant.«

»Ist doch spitze!«, kommentierte Alexa voller Inbrunst. »Super Idee!«

Kaya sagte nichts. Es war eben ein Fehler, eine große Schwester einzuweihen. Die hatte einfach keine Ahnung, kein Mitgefühl und auch sonst nichts.

In diesem Moment ging die Zimmertür auf. »Der Herr,

der schickt den Jockel aus …« Ihr Vater streckte den Kopf herein. »Leute, Mutti steht unten, das Essen wird kalt und sie …«, dann sah er Kayas Gesicht. »Was ist denn los?«, wollte er wissen und kam näher. »Hast du geweint?«

»Ich?« Kaya fuhr sich mit dem Ärmel kurz unter der Nase entlang. »I wo. Alles gut. Wir kommen.«

Harald blieb stehen und betrachtete sie kritisch. »Habt ihr euch gestritten?«

»Papa!« Alexa sagte das so bestimmt und in einem Ton, der klarmachte, dass weiteres Nachfragen zwecklos war. Dafür bewunderte Kaya sie. Alexa hatte das einfach besser drauf. Und irgendwie, fand sie, war das früher auch schon so gewesen. Kaya rutschte mit ihrem Stuhl nach hinten und stand auf.

Ihre Mutter saß schon am Tisch, das Weinglas in der Hand.

»Ich wollte gerade mit mir alleine anstoßen«, sagte sie. »Auf den Sonntag und die Freude, mit meiner Familie mal wieder an einem Tisch zu sitzen.«

Alexa warf einen kurzen Blick auf ihre Armbanduhr. »Fünf«, sagte sie. »Vielleicht ein bisschen früh für ein üppiges Abendmenü …?« Sie zeigte auf die große Platte mit Fleischstücken und die Schüsseln mit Kartoffeln und Gemüse.

»Geht nicht später.« Harry zuckte die Achseln. »Ab 18 Uhr sind wir drüben schon fast ausgebucht. Und früh zu essen ist bekömmlich.«

Kaya befürchtete, dass sie nicht einen einzigen Bissen hinunterbringen würde. Noch immer hatte sie einen dicken Kloß im Hals und ihr Magen war wie zugeschnürt.

»Hast du die Heizung zu weit aufgedreht?«, wollte ihre Mutter wissen. Kaya warf ihr einen Blick zu. Karin war 43 Jahre alt, und Kayas Meinung nach hatte Alexa alles Schöne von ihr geerbt. Die dichten Haare, die großen Augen und die langen Beine.

»Wieso?«, fragte sie und wappnete sich innerlich auf eine entsprechende Antwort.

»Weil du ein leicht verquollenes Gesicht hast. Das kann von zu trockener Heizungsluft herrühren.«

»Oder von was anderem«, warf Harald ein.

Kaya reagierte nicht darauf. Ihr Vater war eindeutig der Sensiblere. Schon immer gewesen. Auch was das Essen angeht. Wie oft saß sie bei ihrem Vater in der Restaurantküche und sah ihm zu, wenn er kochte. Das war einfach gemütlich und ein wahrer Zufluchtsort, wenn ihr etwas auf der Seele brannte. Ihre Mutter dagegen sauste hin und her, brachte Bestellungen rein und nahm Essen raus, aber mehr bekam sie eigentlich nicht mit. Außer, dass sie vielleicht Pommes oder Spätzle mit Soße aß und ihr Vater ihr, wie sie meinte, besser etwas Gesundes wie Salat oder Gemüse hinstellen sollte.

Kaya holte tief Luft und griff nach ihrem Wasserglas.

»Ah!« Alarmiert lag jetzt der Blick ihrer Mutter auf ihrem Gesicht.

»Tafelspitz?«, fragte Alexa und stieß ihre Gabel in ein großes Stück Fleisch.

»Gekochtes Rindfleisch«, ließ sich ihre Mutter ablenken. »Ist mir besonders zart geraten. Wird auch deinem Vater schmecken …« Sie lächelte ihren Mann an.

Alexa zwinkerte Kaya zu und Kaya nickte leicht zurück. Manchmal war eine Schwester eben doch zu was gut.

Nachdem ihre Eltern gegangen waren und die beiden Schwestern den Tisch abgeräumt und alles verstaut hatten, saß Kaya wieder in ihrem Zimmer.

Sie wählte Sinas Nummer. Sina war ihre beste Freundin. Sie hatte auch Freundinnen aus dem Reitstall, Freundinnen, mit denen sie seit Jahren durch dick und dünn gegangen war, mit denen sie viel erlebt hatte und die sie alle mochte, aber wenn es um ihr Herz ging, wusste sie nur eine, die ihr helfen konnte: Sina. Mit Sina konnte sie über alles reden, Sina würde sie ohne große Worte verstehen.

Sie sah aus dem Fenster, während sie darauf wartete, dass Sina an ihr Handy ging. Draußen war es inzwischen dunkel geworden, aber sie hörte, wie der Wind ums Haus pfiff und an den Rollläden zerrte. Überall waren Geräusche, es musste wirklich heftig stürmen. Ob bald Schnee kam? Anfang November, in vierzehn Tagen war der erste Advent. Sie schluckte. Wann, hatte er noch mal gesagt? Sie hatte Mühe, sich zu konzentrieren. Jedenfalls über Weihnachten und Silvester. Dort sei jetzt Frühling, eine gute Zeit, hatte er ihr erklärt. Als ob das für ihr Herz eine Rolle spielte.

Sina meldete sich nicht. Kaya warf einen Blick auf die Uhr.

Halb sieben. Wo war sie um diese Zeit? Gut, sie hatte einen Freund … Bei diesem Gedanken kamen ihr schon wieder die Tränen. Sie gönnte Sina jedes Glück, aber der Gedanke, dass die beiden jetzt vielleicht eng umschlungen unterwegs waren oder gemütlich im Bett lagen, war schier unerträglich.

»Rufst du mich bitte an?«, simste sie und legte ihr Handy auf die Seite. Es ließ ihr aber dennoch keine Ruhe. Sie konnte jetzt nicht einfach hier herumsitzen und Englisch lernen, keine einzige Vokabel würde sie sich merken können. Sie musste in den Stall, zu Sir Whitefoot. Sie hatten am Morgen eine Quadrille fürs Weihnachtsreiten eingeübt, also würde am Abend keine ihrer Freundinnen im Stall sein. Das war gut, sie mochte jetzt mit niemandem reden müssen. Und schon gar nicht irgendein unwichtiges Zeug. Kaya stand auf und streifte sich ihren dicken Rollkragenpullover über. Der roch so schön nach Heu und warmem Pferd. Sie schnüffelte am Ärmel und fühlte sich augenblicklich etwas besser. In diesem Moment ging die Tür auf und Alexa kam mit ihrem Tablet herein.

»Hast du schon gegoogelt?«, wollte sie wissen.

»Was?«

»Na, diese Daktari-Geschichte …«

»Wozu soll ich das?«

»Ja, Mann! Ist er nun dein Freund oder nicht?«

Alexa schob ihr das Tablet unter die Nase. »Also, wenn man ›Daktari‹ eingibt, kommt zunächst mal eine Fernsehserie, die kenne ich aber nicht. Sieht trotzdem lustig aus, mit einem schielenden Löwen und so. Bei ›Daktari Afrika‹ kommt dann *Bush School & Wildlife Orphanage*. In Südafrika. Bei Hoedspruit … Ist es das?«

»Bei … wo?«

»Hoedspruit.« Alexa wiederholte es und musste lachen. »Ich weiß nicht so richtig, wie man das ausspricht.«

Kaya zuckte die Schultern. »Keine Ahnung. Daktari, Afrika. Mehr hat er nicht gesagt.«

»Er hat ganz bestimmt mehr gesagt!«

Kaya spürte, wie sie ungeduldig wurde. Warum mischte sich Alexa überhaupt ein? Was ging sie das Ganze an?

»Also«, fuhr Alexa mit Feuereifer fort und tippte auf das Display ihres Tablets. »Wenn es dieses Daktari ist, dann ist das eine ganz tolle Sache! Schau dir mal das Video an!«

Und schon lief vor Kayas Augen ein Film ab, den sie nicht sehen wollte. Sie wollte sich nicht für eine Sache begeistern, die ihr ihren Chris wegnahm.

»Schau! Alleine dieser Satz!« Alexa glühte förmlich. »Help the animals by educating people! Das ist genau richtig! Darum geht es. Aufklärung, in allen Richtungen, egal ob bei Tieren, in der Politik, überall. Wer lernt, wird offener, liberaler, sieht die Gefahren …«

»Ja, schon gut!« Kaya unterbrach sie schroff. »Mag ja sein. Soll sich jeder aufklären lassen, wo er will. Aber muss Chris deswegen drei Monate nach Afrika? Ist doch bescheuert!«

Sie griff nach ihrer Jacke und wollte an Alexa vorbei.

»Ich finde, dass es ein perfektes Projekt ist.« Alexa machte einen Schritt zur Seite, damit Kaya an ihr vorbei zur Tür kam. »Ich überlege mir ernsthaft, ob ich das auch mache.«

In Kayas Hirn explodierte etwas. »Wie bitte? Du willst mit Chris nach Afrika?«

Alexa verzog das Gesicht. »Informier dich doch erst mal, bevor du lostrompetest. Das ist eine Art Wildtier-Reservat, non-profitable. Die nehmen verletzte Wildtiere auf und pflegen sie auf Spendenbasis, und außerdem laden sie unterprivilegierte schwarze Kinder ein. Denen zeigen sie anhand ihrer Tiere, dass Tiere auch Lebewesen sind. Das wissen die zum Teil gar nicht. Und zudem unterrichten sie diese Kinder, die sonst in Klassen mit 60 anderen sitzen. Das hat doch was!«

»Ja, toll!!!«

»Das ist aktive Lebenshilfe. Für die Tiere und die Kinder.«

»Ja, dann geh! Geh nach Afrika! Aber lass mich damit in Ruhe!«

Kaya stürmte hinaus, lief die Treppe hinunter, zog ihre dicken Stiefel an, knallte die Haustür hinter sich zu und schwang sich auf ihr Fahrrad. Sie trat wie verrückt in die Pedale, kam aber kaum von der Stelle, weil sie Gegenwind hatte. Sie wusste nicht, ob sie angriffslustig sein oder sich geschlagen geben sollte. Der Schweiß brach ihr aus und diese Hilflosigkeit gegenüber den Naturgewalten brachte sie noch mehr auf. Die Straße lag wie ein schwarzes, endloses Band vor ihr, die Bäume am Straßenrand ächzten im Wind und die wenigen Straßenlaternen schwankten, als ob sie tanzen würden. Die Windböen fuhren ihr in die Haare, wirbelten sie hoch, warfen sie nach vorn über ihre Augen, sodass sie nichts mehr sah, und Kaya ärgerte sich, dass sie sie nicht zusammengebunden hatte. Alles um sie herum war in Bewegung. Auf der anderen Seite, dachte sie, passte es gerade. Dieser Aufstand der Natur war genau das, was sie fühlte. In ihr war auch alles in Aufruhr. Sie musste dringend zu ihrem Pony. Sie brauchte ein Ohr, dem sie alles erzählen konnte. Und zwar ein Ohr, das keine eigenen Pläne schmiedete und keine Weisheiten von sich gab. Eine liebe Seele, die brauchte sie jetzt. Warme Nüstern, weiche Lippen, ein offenes Auge. Sie sehnte sich so nach Sir Whitefoot, dass sie alle Kraft in die Pedale legte, um schnell zu ihm zu kommen.

2. Kapitel

Der Reitstall lag dunkel da. Klar, es war Sonntagabend, alle waren jetzt bei ihren Familien oder bereiteten sich auf die nächste Woche vor. Sie dachte kurz an ihre Englischarbeit, aber das schlechte Gewissen blieb aus. Eine schlechte Arbeit konnte sie sich leisten und überhaupt, was war Englisch gegen Chris? Bei dem Gedanken schlug ihr Herz wieder doppelt schnell. Chris. Chris in Afrika. Drei Monate lang. Unvorstellbar!

Sie lehnte ihr Fahrrad gegen den Zaun und ging zu Sir Whitefoots Box. Er hatte ein Paddock, konnte raus und rein, wie er wollte, und eigentlich hätte sie darauf gewettet, dass er kuschelig im Warmen stand. Er war aber draußen, die Nüstern weit gebläht und den Wind in seiner Mähne. Offensichtlich gefiel ihm das. Als sie ihn rief, drehte er den Kopf nach ihr um und begrüßte sie mit einem warmen Schnauben.

»Oh, Whitefoot«, sagte Kaya und schlang ihre Arme um ihn. Aber nach den ersten Sätzen wurde ihr etwas klar: In der Eile hatte sie vergessen, ihm etwas mitzubringen. Das ging natürlich nicht. Wenigstens eine Handvoll Hafer. Whitefoot stupste sie auffordernd. »Ich komm gleich wieder.« Kaya öffnete die Boxentür und ging auf die Stallgasse zurück. In der Dunkelheit sah sie auf der anderen Seite etwas schimmern. Sie ging näher heran. Tatsächlich, vor der Box von Luxury Illusion lag eine Plastiktüte. Kaya bückte sich. Eine Plastiktüte mit Äpfeln, wie praktisch! Sie entschuldigte sich insgeheim bei ihrer Reiterfreundin. »Sorry, Minka, morgen bringe ich zwei Äpfel zurück.«

»Brauchst du nicht, ich hab genug …«

Es war wie ein Schlag vor die Brust, so erschrocken fuhr Kaya zurück.

Hinter den Gitterstäben der Pferdebox tauchte ein dunkler Schatten auf.

»Minka?«, hauchte Kaya.

»Was glaubst du? Der Heilige Geist?«

»Aber was machst du hier?« Kaya musste erst mal durchatmen.

»Was machst *du* hier?«, stellte Minka die Gegenfrage. »Im Dunkeln?«

»Und du?«

Sie mussten beide lachen. Sie kannten sich einfach schon zu lang. Die gleichaltrige Minka, Fritzi, Reni und die jüngere Cindy waren seit Jahren die Mädchenclique im Stall. *Die wilden Amazonen* hatten sie sich genannt und bei all den Abenteuern, die sie in den letzten Jahren erlebt hatten, hatte sich dieser Gangname bestätigt.

Nun presste auch Luxury Illusion seine Nüstern an die Eisenstäbe. Teils, weil er die Plastiktüte hatte rascheln hören und auf einen Apfel spekulierte, teils, weil er neugierig war. Der Wallach war ein schöner Schimmel mit edlem Vollblutkopf und einem sportlich-eleganten Körperbau. Minka war unter ihnen die Erste gewesen, die schon früh ein eigenes Pony besaß. Aber dieses Glück bezahlte sie mit einem besonders ehrgeizigen Vater, der auf Turnieren nur vordere Plätze akzeptierte. Das setzte sie ständig unter Leistungszwang.

Minka schob die Boxentür auf und Luxury streckte sofort seinen Kopf in Richtung der Plastiktüte.

»Er ist so was von verfressen«, schimpfte Minka mit zärtlicher Stimme.

»Vernascht, würde ich sagen«, korrigierte Kaya sanft.

»Ja, schütze ihn nur …«

Minka wuschelte ihm durch die Mähne. Ein Donnerschlag gegen die Boxentür auf der anderen Seite erinnerte Kaya an Sir Whitefoot und die beiden Äpfel in ihrer Hand.

»Darf ich?«, fragte sie Minka.

»Sowieso! Aber jetzt müssen die anderen auch was kriegen, sonst ist es ja ungerecht.«

Sie zog ein Messer aus der Tüte. »Wir teilen sie, dann reicht es für alle!«

»Soll ich Licht machen?«, fragte Kaya.

»Untersteh dich! Das ist unsere spezielle Stunde.«

»Die blaue Stunde«, fügte Kaya an. Das sagten ihre Eltern ständig, wenn sie nebeneinander auf dem Sofa in die Dämmerung hinaussahen und dabei Händchen hielten. Kitschig, hatte Kaya mal dazu gesagt. *Ihr seid ja richtig kitschig!*

Das Wort *peinlich* hatte sie sich verkniffen, aber es hatte herausfordernd auf ihrer Zunge gelegen.

»Streich *Kitsch* und nehme *Liebe*«, hatte ihr Vater dazu gesagt. »Dann liegst du richtig.«

Seitdem hatte sie die letzten Jahre darüber hinweggesehen. Vielleicht fand sie es in der Zwischenzeit sogar schön, dass ihre Eltern sich liebten. Das war immerhin nach so vielen Ehejahren eher selten. Und sie war ja auch erwachsener geworden. Mit dreizehn sah man eben manches anders als mit sechzehn.

»Also«, fragte Minka, nachdem sie die Apfelschnitten gerecht verteilt hatten und sich mit klebrigen Händen auf einen der Heuballen setzten, der für die morgendliche Fütterung schon auf der Gasse deponiert worden war. »Erzähl!«

»Erzähl was?«, stellte Kaya sich dumm.

»Jetzt bitte, du schleichst dich doch nicht im Dunkeln herein, erzählst Sir Whitefoot heimlich was in seine großen Ohren … und es ist nichts.«

»Du warst vor mir da.«

»Okay!« Minka nickte im Dunkeln. »Ich befürchte, dass die Ehe meiner Eltern schiefläuft!«

Kaya schluckte. Hatte sie nicht gerade noch an das Wort *kitschig* gedacht?

»Oje«, sagte sie. »Wie kommst du drauf?«

»Ständig giften sie sich an. Mein Vater fährt meiner Mutter vor anderen über den Mund.«

»Aber das hat er doch schon immer getan!«

»Ja!« Minka nickte. »Ich weiß.« Sie zog die Luft durch die zusammengepressten Lippen ein, sodass ein pfeifendes Geräusch entstand. »Schlimm genug. Aber jetzt ist es anders. Meine Mutter heult nicht mehr, sie grinst nur noch. Ich glaube, sie hat einen anderen.«

»Aber das würde ihr doch vielleicht sogar guttun. Dein Vater ist halt mal – entschuldige, aber das weißt du ja selbst – er ist eben ein Rüpel.«

»Na ja.« Minka holte Luft, enthielt sich aber eines Kommentars. Es kehrte Stille ein, unterbrochen nur von den Geräuschen der Pferde.

»Das hier ist der schönste Platz auf Gottes weiter Flur!«, sagte Minka nachdenklich.

»Du sprichst schon wie Cindy!«

Cindys Vater war Pfarrer und Minka musste lachen. »Ja«, stimmte sie zu. »Da ist was dran!« Dann wurde sie wieder nachdenklich. »Wenn sich meine Eltern scheiden lassen … was passiert dann mit Luxury?«

Kaya spürte eine Gänsehaut über den Rücken und von dort aus über die Arme kriechen.

»Oh!« Sie fasste nach Minkas Hand. »Denkst du, das wäre ein Problem?«

»Wenn mein Vater meine Mutter ausbezahlen müsste und eine zweite Wohnung finanzieren und was weiß ich, was noch kommen würde … Kaya, ich habe Angst!«

Kaya legte ihren Arm um Minkas Schulter und Minka schmiegte sich Schutz suchend an sie. Du lieber Himmel, dachte Kaya. Was wäre, wenn ihr selbst das passieren würde? Wenn ihre Eltern …? Es war unvorstellbar. Das Restaurant? Das Haus, das mit dem Restaurant verbunden war? Alexas Studium? Und dann, das Schlimmste, Sir Whitefoot?

»Vielleicht passiert es aber gar nicht …?«

»Sie haben morgen einen Termin. Bei der Paarberatung.«

»Ja, immerhin. Ist doch besser als beim Anwalt!«

»Aber wenn sich mein Vater zu einer Paarberatung bringen lässt, ist es schon ganz schön weit!«

Kaya sah Klaus Sonnig vor sich, den kantigen, robusten Mann, zahlen- und erfolgsorientiert. Für ihn mussten alle Menschen funktionieren. Stimmt. Der würde im Normalfall alles, was mit Psychologie oder Emotionen zu tun hat, als Blödsinn und Zeitverschwendung abtun.

»Sonst müssen wir Luxury entführen. Weißt du noch? Wie damals Dreamy?« Kaya hörte an Minkas Stimme, dass sie weinte. Und sie wusste sogar im Dunkeln, wie ihr Gesicht jetzt aussehen würde. Tränen und ein leichtes, halb verzagtes Lächeln. So sah sie nach verhauenen Turnieren aus. Es war ihr *Es-ist-schlimm-aber-es-geht-schon-wieder*-Gesicht.

»Das weiß ich noch gut!« Kaya drückte sie. »Wie wir Dreamy die Hufe umwickelt und ihn um Mitternacht durch die ganze Gemeinde zur Sporthalle geführt haben. Mit Futter und Schlafsäcken und allem.«

In der Erinnerung mussten sie beide leise lachen. Minka schniefte. »Cindy hat sich fast in die Hose gemacht vor lauter Angst.«

»Sie war aber auch erst zwölf«, gab Kaya zu bedenken.

»Und wir dreizehn.« Sie verstummten in der Erinnerung.

»Ich glaube, das wird wieder«, sagte Kaya schließlich mit fester Stimme. »Wenn dein Vater zur Paarberatung geht, will er was ändern, sonst würde er das nicht tun!«

»Vielleicht zwingt ihn meine Mutter ja auch und er geht dort hin, hört nicht zu, spricht dagegen und poltert wieder hinaus.«

»Warte erst mal ab. Woher weißt du das überhaupt?«

»Ich habe es im Terminkalender gesehen. Mit mir redet ja keiner darüber.«

»Dann solidarisier dich mit deiner Mutter. Vielleicht wartet sie ja darauf, dass du mal nachfragst.«

»Meinst du?«

»Ja, meine ich. Das hilft euch sicherlich beiden.«

Minka sagte eine Weile nichts, dann drückte sie Kayas Arm. »Kaya, du bist eine wahre Freundin.«

Kaya fühlte sich zwar nicht so, aber sie nickte in die Dunkelheit hinein.

Wieder war es still.

Nach einer Weile fing Kaya an zu summen und Minka steuerte nach kurzem Besinnen den Text dazu bei. Und schließlich sangen sie aus vollem Hals ihre Amazonen-Hymne. Es war wie ein Befreiungsschlag:

»Frei und stark – wir fühlen uns so frei und stark!
Frei und stark – egal, was auch kommen mag!
Frei und stark – zusammen gehen wir es an.

Wir reiten mit dem Wind, wir bleiben dort, wo unsere Pferde sind!

Wir Amazonen – frei und stark!«

Sie schmetterten sämtliche Strophen und als sie zum Ende kamen, fielen sie sich gegenseitig um den Hals.

»Es wirkt noch immer«, sagte Minka. »Ich fühle mich schon viel besser!«

»Frei und stark eben«, erklärte Kaya inbrünstig.

»Ganz genau!«

Sie blieben umarmt sitzen.

»Und du?«, fragte Minka schließlich. »Wieso treibst du dich an einem Sonntagabend hier herum und suchst das große Ohr von Sir Whitefoot?«

»Er hat keine großen Ohren!«, verteidigte ihn Kaya gewohnheitsgemäß. »Er ist schließlich kein Esel!«

Sie mussten beide lachen.

»Gut«, lenkte Minka ein, »also besser: Warum suchst du sein tröstendes warmes Fell, seine großen Augen und seine warmen Lippen, ohne dass du ihm was mitbringst? Sieht doch sehr nach einem überstürzten Aufbruch aus …?«

Kaya dachte an Chris. Das war jetzt so weit fort. Nach dem, was Minka bewegte, klang es fast egoistisch: Sie wollte Chris für sich behalten und missgönnte ihm deshalb seine Afrika-Erfahrung. Das konnte sie doch keinem erzählen! Auch Minka nicht. Die Gefahr, sein Pony zu verlieren, gegen das dreimonatige Praktikum des Freundes. Das war geradezu lächerlich blöd!

»Hmm«, räusperte sie sich und entschloss sich, das Thema zumindest mit zwei Sätzen kurz anzureißen und es damit auch gleich zu beenden.

»Ich war unglücklich, weil Chris für drei Monate nach Afrika will. Als Volunteer in ein Reservat mit wilden Tieren und einer Busch-Schule für Kinder.«

»Mein Gott«, seufzte Minka. »Wie gern würde ich da mit! Weg von allem hier. Mal frei atmen können, mal was anderes sehen, anderes erleben, über den eigenen Tellerrand schauen …«

»Jetzt fängst du auch noch an«, entschlüpfte es Kaya. »Wie meine Schwester!«

»Ja, klar!« Minka kniff sie durch die dicke Jacke in den Unterarm. »Da musst du nicht heulen, da fährst du mit!«

»Da fahre ich mit?«, wiederholte Kaya. Der Gedanke war ihr noch gar nicht gekommen. »Wie soll ich denn da mit? Er hat Abitur gemacht und kann weg. Und ich muss in die Schule!«

»Dann lässt du dich halt beurlauben, was weiß ich. Oder gehst nur zwei Wochen über Weihnachten. Ist ja bald so weit. Wann startet er denn?«

»Bald!«

»Na also!« Minkas Stimme klang unternehmungslustig. Offensichtlich hatte sie ihren eigenen Trouble bereits vergessen. »Ist doch perfekt! Und wenn du dich nicht alleine traust – ich bin dabei. Egal, und wenn ich von der Schule fliege!«

»Und Luxury?«

»Fritzi, Reni und Cindy … sonst noch eine Frage?«

»Dein Vater?«

»Der weiß dann endlich mal, wie es sich anfühlt, wenn sich Frauen durchsetzen. Das ist vielleicht überhaupt die Lektion, die ihm bislang fehlt!«

Als Kaya an diesem Abend in ihrem Bett lag, war sie völlig aufgewühlt. Sie konnte nicht schlafen und fing an, Englischvokabeln zu lernen. Sie konnte sich aber einfach nicht konzentrieren, also schlich sie in Alexas Zimmer und suchte deren iPad. Alexa war natürlich unterwegs und in ihrem Zimmer sah es aus, als hätte sie sich mindestens zehn Mal umgezogen, bis sie das richtige Outfit gefunden hatte. Kaya verzog das Gesicht. Wenn Alexa von ihrer Studenten-WG nach Hause kam, brachte sie jedes Mal einen großen Koffer Wäsche und einen riesigen Appetit mit. Und außerdem umströmte sie der Duft von Wichtigkeit. Aber das war schon immer so gewesen. Zumindest, solange Kaya zurückdenken konnte. Wahrscheinlich war sie schon die große Schwester, als ich noch gar nicht geboren war, dachte Kaya, und schlug die zerwühlte Bettdecke zurück. Neben dem Schlafanzug lag das iPad. Gut so, dachte Kaya, und nahm es mit. Es war leicht, das Passwort hatte sie noch im Kopf. 7 war Alexas Glückszahl und 7777 öffnete bei ihr fast sämtliche Foren.

Kaya dimmte das Licht in ihrem Zimmer und kuschelte sich erwartungsvoll mit dem iPad in ihrem Bett zurecht. Ihre Aufregung stieg, als sie »Daktari Südafrika« eingab und sofort auf einer Seite landete, in der man sich verlieren konnte. So viele Informationen, so viele rührende Fotos und Videos. Eines hatte es ihr besonders angetan. Der Junge sah ein bisschen aus wie Chris und hatte mit seinem Handy sein Leben dort gefilmt: Sein Chalet, sein Wohnen, seine Freunde, seine Arbeit, selbst seinen Ausflug nach Kapstadt. Kaya träumte bereits mit. Kein Wunder, dachte sie, dass man da Feuer und Flamme sein konnte, sie spürte ja schon jetzt, wie die Begeisterung nach ihr griff. Tieren zu helfen, die Opfer geworden waren. Ob aus Mutwilligkeit oder Unwissenheit, all die Tiere hatten in diesem Reservat Zuflucht gefunden, weil sie entweder verletzt worden waren, weil sie elternlos waren oder weil sie irgendwie sonst ein Opfer menschlicher Gewalt geworden waren. Immer wieder der Mensch, dachte Kaya. Es war schon gut, dass es die Gegenseite gab, die Menschen, die sich der Gewalt entgegenstellten. Sie dachte an den Satz, den ihr Alexa vorgelesen hatte:

Help the animals by educating people.

Hilf den Tieren, indem du die Menschen unterrichtest.

Da hatte sie schon recht gehabt, ihre große Schwester. Und wieder ein Video. Diesmal wurde ein Schuppentier in die Freiheit entlassen, nachdem es geheilt worden war. Und dann ein ganzer Transportkäfig voller Mongoose, die so anhänglich waren, dass sie kaum in den Busch gehen wollten. Sie musste nachher mal nachschlagen, was Mongoose eigentlich genau waren. Auf den ersten Blick sahen sie wie putzige Erdmännchen aus. Und die kleinen Affenkinder, die mit dem Fläschchen aufgepäppelt wurden. Und überhaupt. Kaya merkte, dass sie kerzengerade in ihrem Bett saß. Sie sah auf die Uhr. Drei Uhr morgens. Verdammt, die Nacht würde kurz werden. Sie griff nach ihrem Handy.

»Chris«, schrieb sie in einem Anfall von Spontanität. »Was würdest du davon halten, wenn ich dich besuchen würde? Zwei Wochen? Über Weihnachten?«

»Fantastisch!«, kam innerhalb der nächsten Minute zurück. »Ich freu mich schon jetzt!«

Wie sie das ihren Eltern beibringen wollte, wusste sie noch nicht, aber das interessierte sie im Moment auch nicht – und vor allem: Da konnte sie ganz sicher auf die Unterstützung ihrer großen Schwester zählen. Vielleicht flog sie ja mit … Glücklich sank Kaya in ihre Kissen zurück und schlief sofort ein, das Handy in der Hand.

Die Englischarbeit hatte sie verhauen, das war klar. Aber das war auch wieder typisch ihre Lehrerin, die ständig das fragte, was man nicht wusste. Total unfair. Kayas Trost war, dass ihre Mitschüler ebenfalls der Meinung waren, einige leichtere Fragen hätten es auch getan. Jetzt blieb nur noch die Hoffnung auf einen miserabel schlechten Klassendurchschnitt, dann würde der Test vielleicht wiederholt werden. Sina hatte sich gleich vor der ersten Stunde entschuldigt, sie hätte gestern Abend ihr Ladekabel verlegt und erst heute Morgen wiedergefunden, deswegen hätte sie die SMS so spät entdeckt. Was denn los sei? Kaya hatte ihr versprochen, sie in der großen

Pause genau aufzuklären. Aber so eine richtige Hilfe war ihr das Gespräch nicht gewesen. Sina meinte nur, wenn ihr eigener Freund auf so eine abstruse Idee käme, wäre sie ganz schön sauer. Das war Kaya auch irgendwie klar: Große Tiere machten Sina Angst und kleine Tiere wie Spinnen oder Mäuse brachten sie in Panik. Beim Gedanken an Afrika schüttelte ihre Freundin sich. »Ich würde eher nach New York wollen«, sagte Sina, »oder nach Paris. Von mir aus auch Sydney, aber keinen Meter aus der Stadt heraus.«

Kaya sagte nichts darauf. Das war eben Sina. »Was hat er denn genau geschrieben?«, wollte sie wissen und Kaya rezitierte mit leichtem Stolz: »›Fantastisch! Ich freu mich schon jetzt!‹«

Und dann sagte Sina einen Satz, der Kaya einen Stich versetzte: »Und denkst du, dass er das ernst gemeint hat?«

Das ging ihr während der Mathestunde nicht aus dem Kopf und auch nicht während der Physikstunde. Es war überhaupt unnötig, dass sie hier in der Schule saß, sie bekam absolut nichts mit. Um zwölf Uhr beschloss sie, den Nachmittagsunterricht ausfallen zu lassen, und sie ging direkt zur Bushaltestelle. Die Linie 6 kam, das war perfekt. Der Bus würde in der Nähe des Reitstalles halten, wo Chris seine Pferde hatte. Heute war Montag und mit etwas Glück würde sie Chris im Stall treffen. Montags ließ er seinen Pferden ein Entspannungsprogramm angedeihen. *Wellness*, sagte er schmunzelnd dazu. Zu ihm nach Hause wollte Kaya nicht, das war ihr mit seinen Eltern und seiner kleinen Schwester zu viel. Sinas Satz ging ihr im Kopf herum, während sie von ihrem Fensterplatz aus hinaussah. Heute war es weder windig noch kalt und die Herbstsonne tauchte alles in ein warmes Licht. Kaya fröstelte es trotzdem und sie zog den Reißverschluss ihrer roten Steppjacke zu. *Und denkst du, dass er das ernst gemeint hat?*, hatte Sina gefragt. Das würde sie gleich herausfinden. Wenn er da war, sogar auf den ersten Blick. Und was, wenn Sina recht hatte? Wenn er das einfach so hingeschrieben hatte ohne Glaube daran, dass sie tatsächlich nachkommen könnte? Es war so verdammt kompliziert mit ihm. Seit Kaya ihn mit dreizehn bei einem Reitturnier zum ersten Mal gesehen hatte, war sie in ihn verliebt. Und obwohl sie seit damals viel Zeit miteinander verbracht hatten, war sie sich nie sicher gewesen, was er eigentlich genau für sie fühlte. Mal hatte sie den Eindruck, er mochte sie auch, mal küsste er sie, dann schwebte sie auf Wolke sieben, aber kurz danach war sie plötzlich wieder Luft für ihn und sie zweifelte an sich. War sie nicht hübsch genug? Und ständig befürchtete sie, er könne mehr Interesse an Alexa haben als an ihr. Gut, Alexa war älter als er, damit hatte sie sich stets getröstet. Aber was zählte das schon? Ein Jahr, das war nichts. Und im Gegenteil war es sogar so, dass Jungs aus ihrer Klasse für ältere Schülerinnen schwärmten. Warum also nicht auch Chris?

Kaya hätte fast die Haltestelle verpasst. Ihr Glück war, dass dort jemand stand, sonst wäre der Busfahrer weitergefahren. Sie sprang hinaus und draußen fiel ihr auf, dass ihr Rucksack noch neben dem Sitz stand. In der letzten Sekunde konnte sie den Busfahrer noch stoppen und unter seinem missbilligenden Blick ihr Schulzeug holen. Verdammt, dachte sie, es war wirklich nicht ihr Tag. Aber so gesehen konnte er nur besser werden.

Chris hatte seine beiden Pferde Shadow und Sunshine in dem Nobelstall der Stadt stehen. Das fiel ihm nicht schwer, denn seine Eltern verdienten sehr gut. Sein Vater war Geschäftsmann und seine Mutter Steueranwältin. Auch Wild Thing, ein Europameisterschaftspony, konnte vor Jahren gekauft werden, damit Chris so richtig durchstarten konnte. Und seine kleine Schwester Charlotte bekam Dreamy, den Kaya sich selbst gewünscht hätte. Das war anders als bei ihr daheim, wo ihre Eltern über jede Ausgabe ganz genau Buch führten. Aber Kaya hatte die beiden nie beneidet, es war eben so.

Mit klopfendem Herzen kam sie zu dem großen Tor, das zum Reitstall führte. Alles blitzte vor Sauberkeit, selbst der Weg vom Stall zur Führmaschine wirkte wie poliert. Auf den Paddocks standen einige Pferde und sahen neugierig zu ihr herüber. Wahrscheinlich warteten sie auf den Futterwagen, dachte Kaya, es war ja Mittagszeit. Sie öffnete die Tür zur Stallgasse. Die Boxen waren kunstvoll mit geschmiedeten grünen Eisenstangen verziert und die Namen der Pferde auf einheitliche Schilder geprägt. Das sah alles schon sehr edel aus, das musste Kaya zugeben. Bloß, den Pferden war es wahrscheinlich egal. Die Boxentüren von Shadow und Sunshine standen offen. Das deutete jedenfalls auf Chris hin. Sie atmete tief durch. Der Geruch nach Pferdeleibern, Leder und Heu beruhigte ihre Nerven. Wie ein Elixier, dachte sie. Das tat einfach gut. Schließlich ging sie weiter, in Richtung Halle. Es gab zwei, das wusste sie. Die eine war direkt an den Stall angebunden, die andere etwas entfernt, dazwischen ein offener Dressurplatz, zwei Springplätze lagen etwas oberhalb, einer auf Grasboden, der andere auf Sand. Die idealen Trainingsmöglichkeiten für einen ehrgeizigen Turnierreiter wie Chris.

Die Halle war leer.

Kaya überlegte. Was, wenn er ausgeritten war? Zwei Pferde? Und wenn ja, mit wem?

Alle möglichen Bilder taten sich vor ihr auf … Da sah sie ihn. Auf dem oberen Springplatz spielte er Fußball mit seinen Pferden. Kaya blieb stehen. Tatsächlich, sie hatte sich nicht getäuscht. Auf dem Grasplatz, dessen niedrige Umzäumung für Springpferde kein Problem zum Ausbüxen gewesen wäre, spielte er seinen Pferden einen kniehohen, blauen Ball zu. Dass sie das nicht zum ersten Mal taten, war offensichtlich. Shadow, ein Wallach mit silbergrauem Fell, stieß den Ball vor seinen Beinen her. Und wenn es nicht richtig klappte, nahm er seine Nüstern zu Hilfe. Kaya glaubte es kaum. Jetzt kam Sunshine, eine elegante Fuchsstute, die den Wallach wegrempelte. Kleine Drängelei um den Ball, dann ging es weiter. Die drei hatten offensichtlich richtig Spaß.

Kaya wollte nicht stören, also blieb sie stehen. Nach einer Weile ging sie langsam näher. Mitspielen wäre ja auch ganz schön, dachte sie. Und außerdem würde sie die Fussball-Idee mit in ihren eigenen Stall nehmen. Sir Whitefoot und Luxury konnten das bestimmt auch ganz gut miteinander.

Sunshine war die Erste, die sie bemerkte. Sie blieb plötzlich stocksteif stehen und sah zu ihr hin. Nun folgte auch Chris ihrem Blick. Wie er sie so ansah, durchzuckte es Kaya. Er war einfach der Junge ihrer Träume, sie konnte nicht anders. Seine dichten, dunkelblonden Haare fielen wild durcheinander, seine blauen Augen stachen aus seinem gleichförmig männlichen Gesicht heraus und seine sportliche Figur steckte in ausgewaschenen Jeans und einem grauem Kapuzenpulli. Er war zum Anbeißen.

»Holla, Kaya, welche Überraschung!«

»Ja, ich dachte, ich besuch dich mal …«

So ein blöder Spruch, dachte sie, kaum dass sie es ausgesprochen hatte.

»Magst du mitspielen?«

»Aber klar, jederzeit!« Sie ging den leichten Wiesenhang bis zum Springplatz hinauf und bückte sich unter dem weißen Zaun hindurch. Chris war ihr entgegengekommen und nahm sie in die Arme.

»Schön, dich zu sehen«, sagte er und küsste sie kurz auf den Mund, dann drückte er sie an sich und stemmte sie in die Luft.

»He da, ihr zwei«, rief er zu den Pferden, die vor dem Ball stehen geblieben waren und die beiden beobachteten. »Hier kommt ein neues Spielzeug … nicht blau, sondern rot!«

Kaya strampelte lachend und Chris setzte sie ab.

»Jetzt hast du Glück«, sagte er. »Bei dem tollen Herbstwetter habe ich schon fast an einen Ausritt gedacht. Es scheiterte nur an Bianca, die hatte keine Zeit.«

Bianca. Die war Kaya auch so ein Dorn im Auge. Lara, die ihr Pferd ebenfalls in diesem Stall stehen hatte, war eine arrogante Ziege mit reichen Eltern. Das war das einzig Besondere an ihr, sonst nichts. Sie war weder hübsch noch fröhlich noch geistreich. Sie war einfach bissig und brutal. Bianca war dagegen ein Mädchen mit weichem, langem Haar und einer hübschen Figur. Dazu konnte sie sehr gut reiten, weil sie die Tochter des Reitlehrers war. Sie war hübsch und fröhlich und geistreich. Alles das, was Lara nicht war. Das machte sie zur Gefahr.

»Und ich?«, fragte Kaya.

»Du hast am Montagnachmittag Schule, schon vergessen?« Und während er das sagte, zog er eine Augenbraue hoch. »Aha, du schwänzt also?«

»Mir geht Afrika nicht aus dem Kopf«, sagte sie.

»Mir auch nicht!«

»Aber mir geht es nicht aus dem Kopf, weil du dann drei Monate fort bist!«

»Ich dachte, du willst nachkommen?«

Jetzt war er da, der Satz. Die Pferde drängten heran, offensichtlich dachten sie an Leckerli aus Kayas Jackentasche.

»He, ihr zwei«, sagte Chris und klatschte scheuchend in die Hände. »Geht spielen!«

»Willst du denn wirklich, dass ich komme?«

»Nachdem Bianca nicht mitkann und ich Lara nicht ertragen könnte – bleibst doch nur du!« Er grinste.

»He! Du!« Kaya boxte ihn. »Ich meine es ernst!«

»Ich auch!«

»Ich muss mir sicher sein!«

Chris nahm ihr Gesicht behutsam in beide Hände, hielt ihren Blick für einige Sekunden fest und küsste sie lang und zärtlich. Es tat so gut, ihn zu spüren. Es war wie ein Versprechen, in Kaya tanzte alles und ein Glücksgefühl zog ihr durch den ganzen Körper.

»Reicht das?«, fragte er und zog sie an der Hand zu dem großen Ball mitten auf den Platz. »So und jetzt erklär mir, was Abseits ist, die Pferde wissen es nämlich schon …«

Als Kaya zwei Stunden später nach Hause fuhr, war sie völlig beseelt. Das Spiel mit den Pferden hatte ihr mächtig gut gefallen, einfach unschlagbar. Aber noch schöner war das Miteinander mit Chris gewesen und sie wusste jetzt ganz sicher, dass sie nach Afrika musste. Es musste nun einfach der richtige Moment kommen, um ihre Eltern zu überzeugen.

3. Kapitel

Die Gelegenheit ergab sich drei Tage später. Am Mittwoch hatten die Birks das Restaurant geschlossen und Harald saß schon in seinem roten Sessel mit Blick zum großen Garten, die Beine hochgelegt, den *Spiegel* in der Hand und zwei weitere Hefte, *Geo* und ein Sportmagazin, neben sich auf einem kleinen Abstelltisch. Gejoggt war er schon, jetzt gönnte er sich Ruhe, das war sein Mittwoch-Ritual.

Kaya kam von der Schule heim, streifte ihren Rucksack im Wohnzimmer ab und stöhnte erst einmal ausgiebig. Ihr Vater drehte den Kopf. »Was ist denn los?«

»Ach!«, sagte Kaya und ging durch den großen Raum zu ihm. Ursprünglich hatte es in dem alten Fachwerkhaus nur kleine Zimmer gegeben, aber ihr Architekt hatte alles freigelegt und den Wohn- und Essbereich zusammengefügt, unterteilt nur durch einige rustikale Holzpfeiler, die die Decke stützten. Harald nannte seine Ecke den »Aus«-Bereich und liebte ihn, vor allem weil die bodentiefen Sprossenfenster den Eindruck vermittelten, als ob sein Sessel direkt im Garten stünde. Und dort hatte er eine liebevolle Kräuterecke angelegt, die jetzt allerdings vom Herbstlaub zugedeckt war.

»Hi, Paps«, sagte sie und blieb neben ihm stehen.

»Ist was?« Er ließ den *Spiegel* sinken.

»Wo ist Mutti?«

»Sie sucht gerade die Zutaten zu deinem Lieblingsgericht zusammen.«

»Und das wäre?«

Sie erntete ein Stirnrunzeln, als ob sie bereits dement wäre. »Currygeschnetzeltes!«, brummte er.

Gut, dachte Kaya, das war ihr Lieblingsgericht vor Jahren gewesen, aber sie nickte.

»Sonst noch was?«

Er kannte sie wirklich gut. Kaya musste lachen. »Ich dachte gerade eben, dass ich wirklich einen jung gebliebenen Vater habe!«

Harald strich sich übers Haar. »Na, ich gehe jetzt auch schon auf die 50 zu …«

»Jetzt übertreib nicht, du bist erst 47!«

Er reckte sich in seinem Sessel, um sie besser sehen zu können. »Liebe Kaya, Töchterchen, du willst doch etwas?«

»Hmm …« Kaya warf schnell einen Blick hinter sich. Sie musste ihren Vater auf ihre Seite bekommen, bevor ihre Mutter dazukam. Karin war sehr viel kritischer, musste alles erst genau überdenken, das war oft schwierig. Dagegen traf ihr Vater seine Entscheidungen aus dem Bauch heraus und ganz sicher würde er es einsehen, dass man in jungen Jahren seine Erfahrungen machen musste und nicht erst im Alter.

Sie setzte sich auf seinen Schoß.

»Autsch!« Harald hob sie an der Taille etwas hoch und zog seine Beine vom Hocker herunter. »Du brichst mir ja die Knie!« Dann ließ er sie wieder sinken. »So, jetzt!«

»Papa, ist Bildung etwas Wichtiges?«

»Natürlich! Dafür gehst du ja in die Schule! Oder willst du aufhören und Tellerwäscherin werden? Können wir immens gut gebrauchen, da gibt es einen echten Bedarf!«

»Quatsch!« Kaya schüttelte den Kopf. »Ich will mich weiterbilden. Mehr Erfahrungen sammeln.«

»Aha!« Er sah sie an und zog die Stirn kraus. »Woran denkst du? Chinesisch-Sprachkurs in der Volkshochschule?«

»Nein. Auch das nicht …« Sie grinste. »Ich denke daran, dass junge Menschen einfach mal rausmüssen. Das ist heute so. Raus, in die Fremde, neue Erfahrungen sammeln, andere Kulturen kennenlernen. Du sagst doch selbst, die Dummheit der Menschen rührt daher, dass sie nichts anderes kennen und deshalb nichts anderes akzeptieren können.«

»Hmmm.« Harald strich sich übers Kinn.

»Du meinst also, du willst für einige Monate in den Schüler-Austausch nach Amerika?«

»Nein. So lange könnte ich nie von dir fort …«

Sie erntete einen prüfenden Blick.

»Ich denke nur an vierzehn Tage. Aber ich möchte etwas Sinnvolles tun, etwas Wichtiges. Ich möchte meine liberale Meinung festigen.«

Liberal, das war eines seiner Lieblingswörter, das wusste Kaya. Darauf stieg er bestimmt ein.

»Liberal«, wiederholte er bedächtig. »Aha …«

Sie sahen sich in die Augen und Harald wartete ab. Schließlich meinte er: »Also, in den Sommerferien warst du als Praktikantin beim Stanglwirt in Österreich, davor auf diversen Turnieren, die auch nicht ohne waren. Ich erinnere mich an die German Friendships auf dem Bexter Hof in Herford, und jetzt hast du also was Neues im Sinn.«

»Ja, genau«, bestätigte Kaya und als keine Resonanz kam, fügte sie hinzu: »Afrika. Busch-Schule. Daktari, um genau zu sein. Ein Reservat für verletzte oder verlassene Wildtiere, die da wieder aufgepäppelt werden, und für unterprivilegierte Kinder, die dort für eine gewisse Zeit unterrichtet werden.«

Harald sagte zunächst mal nichts.

»Aha, jetzt also Afrika«, sann er schließlich leise vor sich hin. »Interessant. Und was willst du dort?«

»Mithelfen!«

»Und wie kommst du auf diese, na, sagen wir mal, etwas ungewöhnliche Idee?«

»Weil …« Kaya überlegte, welcher Zungenschlag nun der richtige wäre. »Weil … weil das sozial sehr weit oben steht. Und das wünschst du dir doch immer von mir, oder nicht? Sozial und liberal, das sind doch die beiden Dinge, die dir wichtig sind.«

»Beides kann man auch in Deutschland sein.«

Kaya überlegte. Das konnte sie nun nicht von der Hand weisen. Sie brauchte ein Argument.

»Ja«, sagte sie langsam. »Da hast du schon recht. Aber das

kann man auch einfach mal so nebenher. Ich meine, Soziales tun. Für die alte Nachbarin einkaufen gehen, oder so. Aber zwei Wochen lang konzentriert in einem anderen Land Erfahrungen sammeln …«

Er war noch nicht überzeugt.

Kaya spürte es und suchte nach neuen Argumenten.

»Und was ist der wahre Hintergrund?«, wollte er wissen.

Schlagartig hatte Kaya Chris vor ihren Augen, seine blauen Augen, seinen geschwungenen Mund, der sich in ihrer Fantasie eben zu einem leicht spöttischen Lächeln verzog, als die Wohnzimmertür aufging. Kayas Mutter kam herein, mit Einkaufstüten bepackt.

»Oh, warte«, sagte Harald und machte Anstalten aufzustehen, aber Kaya drückte ihn in den Sessel zurück und lief zu ihrer Mutter. War es nun gut oder schlecht, dass sie dazwischenkam? Vielleicht gut. Sie war kurz davor gewesen, ihrem Vater alles zu gestehen.

»Kochst du was Feines?«, wollte Kaya wissen, während sie nach zwei Tüten griff.

»Dein Lieblingsessen«, sagte Karin verheißungsvoll. Sie hatte eine frische Gesichtsfarbe und sah mit ihren vom Wind verwehten Haaren ganz besonders jung aus, fand Kaya.

»Oh! Currygeschnetzeltes?« Kaya strahlte sie an.

»Schön, wenn du dich freust!«

»Ja, das tu ich!« Sie ging neben ihrer Mutter, die ganz offensichtlich besonders gut gelaunt war, in die Küche.

»Magst du mir helfen?«

Dazu hatte Kaya nun überhaupt keine Lust und außerdem war schon klar, dass sich Alexa mal wieder an den gedeckten Tisch setzen und nach dem Essen mit irgendeiner fadenscheinigen Ausrede schnell verabschieden würde. Sie hat es immer schon geschafft, dass unangenehme Hausarbeiten an ihr, der Kleinen, hängen geblieben waren.

»Aber klar doch«, sagte sie bemüht fröhlich. Egal. Vielleicht ergab sich ja die Möglichkeit zu einem zwanglosen Afrika-Gespräch …

»Im Auto ist noch ein Korb mit Salat und Gemüse. Wenn du den noch holst?«

Kaya warf im Hinausgehen einen Blick auf ihren Vater. Er war wieder in seine Lektüre versunken. Sicherlich hatte er ihr Gespräch schon vergessen.

Sie wusch gerade den grünen Salat und packte ihn in die Salatschleuder, als plötzlich ihr Vater in der Tür stand. »Erstaunlich«, sagte er und nahm sein *Geo*-Heft hoch. »Hört mal zu«, sagte er und las vor: »Dass Ruanda in den letzten Jahren zum Vorbild für ganz Afrika wurde, ist vor allem das Werk seiner Frauen. Sie haben das Land wirtschaftlich vorangebracht und zur Versöhnung zwischen Tutsi und Hutu beigetragen!« Er sah auf.

»Was ist denn daran erstaunlich?«, wollte seine Frau wissen. »Hier tragen die Frauen doch auch viel zum Fortschritt des Landes bei.«

»Aber Afrika …«, sagte Harald und sah Kaya an. »Und

hier, weiter«, er blätterte um, »Kenia. 1990 gründete Rebecca Lolosoli ein Dorf nur für Frauen, ein Zufluchtsort vor Zwangsehe, Genitalverstümmelung und sexueller Gewalt. Ein Symbol der neuen, emanzipierten Generation afrikanischer Frauen.«

Kaya nickte nur. Hatte das etwas mit ihr zu tun? Mit ihrer Afrika-Idee?

»Toll!«, sagte sie. »Siehst du, da bewegt sich etwas!«

»Wieso *siehst du*?« Karin wandte dem Herd den Rücken zu und musterte Harald mit schräg gelegtem Kopf. »Habt ihr darüber gesprochen? Wollt ihr im nächsten Urlaub in das Land der emanzipierten Frauen?« Sie lächelte.

»Kaya möchte dort ihre Hilfe einbringen«, erklärte Harald völlig sachlich. »In einer afrikanischen Busch-Schule. Für Tiere und Kinder. Nennt sich Daktari.«

Karin ließ den hölzernen Kochlöffel sinken, mit dem sie gerade in der Pfanne gerührt hatte und den sie noch erhoben in der Hand hielt. »Du allein?«

»Nur vierzehn Tage, Mama!« Kaya warf ihrem Vater einen schnellen Blick zu. »Ich versäume keinen Tag Schule. Einfach über Weihnachten und Silvester.«

»Weihnachten?« Das schmerzte sie, das sah Kaya sofort. Weihnachten, das war irgendwie besonders symbolträchtig. Weihnachten ohne ihre Töchter, das konnte sich ihre Mutter bestimmt nicht vorstellen.

»Oder ich fliege erst am ersten Weihnachtsfeiertag. Am 25. Dezember. In diesem Jahr liegen die Feiertage wirklich günstig, ich müsste nur einen Freitag im neuen Jahr versäumen, dann wären es genau vierzehn Tage!«

Karin schien gar nicht zugehört zu haben. »Aber, was will sie da?«, fragte sie Harald.

»Frag sie selbst, sie steht doch neben dir …« Harald zuckte mit den Achseln. »Sie will Gutes tun.«

»Gutes tun«, wiederholte Karin und runzelte die Stirn.

»Vorsicht, dein Fleisch setzt an!« Harald wies zur Pfanne und Karin drehte sich danach um. Kaya und er warfen sich einen Blick zu. Diesmal runzelte er die Stirn, während Kaya mit den Achseln zuckte.

»Und wie soll das bezahlt werden?«, fragte Karin und wendete hastig die Fleischstücke.

»Ich habe doch beim Stanglwirt in den Sommerferien etwas Geld verdient. Und zu Weihnachten wünsche ich mir einfach nur einen kleinen Zuschuss. Von allen.«

»Praktisch«, sagte Harald.

»Gutes tun …«, wiederholte Karin.

In diesem Augenblick kam Alexa um die Ecke geschossen. »He!«, sagte sie. »Küchenversammlung? Ist was los? Und was gibt es zum Essen?«

»Currygeschnetzeltes aus Afrika«, sagte Harald.

»Ah, daher weht der Wind. Ich kann die Kleine auch begleiten, falls ihr Sorge habt!«

»Es scheinen ja schon alle Bescheid zu wissen!« Karin drehte sich wieder um, den Kochlöffel wie einen Taktstock senkrecht in der Hand.

»Ich erst seit gestern«, beschwichtigte Alexa.

»Und ich erst seit zehn Minuten«, erklärte Harald.

»Dann ist es vielleicht an der Zeit, dass ich auch eingeweiht werde«, erklärte Karin und holte tief Luft.

4. Kapitel

Am 25. Dezember saß Kaya in einer Maschine nonstop von Frankfurt nach Johannesburg. Dort musste sie umsteigen, was ihr etwas Angst machte, aber das hätte sie nie zugegeben, schon gar nicht vor ihrer Mutter. Die hatte ja selbst schon alle möglichen Befürchtungen. Wilde Tiere? Das war in ihren Augen bereits ein unglaubliches Wagnis. Fast noch schlimmer fand sie indes die kleinen Tiere. Gab es dort die Tsetsefliege? Malaria? Und was war mit allen anderen Krankheiten, die sie sich dort holen konnte?

Kaya hatte all diese Gedanken abgeschüttelt und sich einfach nur noch gefreut. Auf das Camp, die neuen Eindrücke, auf Afrika – aber vor allem auf Chris. Es war unglaublich: Sie war auf dem Weg zu Chris! Und er hatte ihr schon allerlei berichtet, kleine Videos geschickt und jede Menge Fotos. Er war nun bereits über drei Wochen dort und Kaya gierte stündlich nach einem Lebenszeichen, nach kleinen Geschichten und vor allem nach liebevollen Worten. Vermisste er sie? Und wenn ja, wie sehr? Oder gab es dort noch andere interessante Volunteers, nicht nur weiblich, sondern womöglich auch noch sehr hübsch? Sie versuchte, diese Vorstellung abzuschütteln, aber wiederholt grübelte sie darüber nach. Schließlich hatte sie Zeit dazu gehabt – dreieinhalb Wochen lang, über 25 Tage. Die Stunden hatte sie nicht ausgerechnet. Aber es waren definitiv zu viele. Sie hatte sich ihr Lieblingsfoto ausgedruckt. Das hatte sie im Oktober bei einem gemeinsamen Ausritt aufgenommen. Chris saß lässig auf seinem Pferd und in seinem Gesicht lag ein Ausdruck, den sie als ganz besonders nah empfand. Innig, tief verbunden, sie hatte kein richtiges Wort dafür. Vielleicht sogar verliebt? In seinen Augen lag ein warmes Licht, sein Mund war weich, alles Spöttische war aus seinem Gesicht verschwunden, es war offen und zärtlich. Sie hatte es zu Hause in einem Rahmen über ihrem Bett aufgehängt. So sah sie ihn jeden Abend und jeden Morgen. Sozusagen als Gute-Nacht-Gruß und Morgenkuss.

Kaya schreckte auf. Der Pilot kündigte in einer Durchsage die Landung an. Nun würde sie sich konzentrieren müssen, das war sicherlich gar nicht so einfach. Nach Hoedspruit flog nur eine kleine Maschine, die musste sie jetzt auf dem riesigen Flughafen finden. Aber sie sprach sich selbst Mut zu: Sieh nach vorn, beschwor sie sich, noch wenige Stunden, dann fliegst du in seine Arme. Über dieses Wortspiel musste sie lächeln.

Es war nicht weiter schwierig gewesen. Auf dem Monitor hatte ihr Abflug-Gate gestanden und wenn sie sich auf ihrem Weg dorthin nicht ganz sicher war, hatte sie einfach gefragt und überall freundlich Auskunft bekommen. Den ganzen

Flug von Johannesburg nach Hoedspruit über hatte sie mit der Stirn an dem kleinen Fenster geklebt. Afrika. Wie seltsam. Gerade war sie noch in Deutschland gewesen und jetzt auf diesem fernen, fremden Kontinent. Unter ihr breitete sich eine endlose Weite aus, vereinzelt sah sie Ansiedlungen, auch einzelne Häuser, dann wieder Vertiefungen, die von hier oben wie sehr breite, ausgetrocknete Flüsse wirkten. Ob es tatsächlich welche waren, wusste sie nicht. Aber die Farben gefielen ihr. Sanfte Töne, viel Ocker und Hellbraun. Schön. Sie lehnte sich zurück, weil die Stewardess ein Getränk anbot, und lächelte sie in heller Vorfreude an.

»Bitte eine Cola«, bestellte Kaya auf Englisch.

»Oder ein Glas Sekt?«, fragte die Stewardess zurück und beugte sich etwas näher zu ihr. »Sie sehen aus, als ob sie heute Geburtstag hätten.«

»Geburtstag?«

»So glücklich.«

Kaya musste lachen, lehnte aber trotzdem ab. Sie befürchtete, dass ihr jeder Schluck in den Kopf steigen könnte, und den wollte sie für die nächsten Stunden klar behalten.

Hoedspruit war ein kleiner, malerischer Flugplatz. Noch während die Maschine ausrollte, sah Kaya einen kleinen Teich vor dem Gebäude, um den lebensechte Tierplastiken aufgebaut worden waren.

Schön, dachte sie. Schon wieder. Aber sie fand heute alles schön. Ob Chris selbst kommen würde? Auf der anderen Seite des Gebäudes hatte sie im Anflug einige Autos auf dem

Parkplatz stehen sehen. Aber ob er so einfach von seiner Arbeit wegdurfte?

Unserer Arbeit, korrigierte sie sich und spürte gleichzeitig, wie ihr eine Hitzewelle ins Gesicht stieg. Möglicherweise war sie jetzt rot geworden, dachte sie, aber besser jetzt, als nachher. Trotzdem war der Gedanke, dass es nun vierzehn Tage lang ein »wir« geben würde, fantastisch. Wie lange trug sie Chris schon in ihrem Herzen? Seit ihrem ersten Turnier mit Dreamy. Und das war drei Jahre her. Drei Jahre lang hatte sie um seine Liebe gekämpft, möglichst so, dass er davon nichts mitbekam. Drei Jahre lang war sie zwischen überschäumender Freude, wenn er ein Zeichen der Zuneigung gegeben hatte, und Frust, wenn er plötzlich etwas Besseres vorhatte, hin- und hergependelt. Ihr Ferienjob auf dem »Stanglhof« hatte sie schließlich einander nähergebracht. Zum ersten Mal hatte Chris ihr das Gefühl gegeben, dass sie ihm etwas bedeutet.

Kayas Herz pochte wild und sie zwang sich, langsam, aber kräftig durchzuatmen. So wie vor einem Turnierstart oder vor einer Klassenarbeit, wenn sie nicht richtig gelernt hatte. Sie sah, wie die Treppe herangeschoben wurde, und hörte, wie die Stewardess den Riegel der schweren Tür zurückschob und sie öffnete. Mit dem frischen Luftzug, der hereinwehte, meinte sie auch andere Gerüche wahrzunehmen. Erdige, würzige – und konnte es sein, dass sie Curry roch?

Sie griff nach ihrem Handgepäck und reihte sich in die kleine Schlange ein, die sich nun zum Ausgang bewegte. Auf der Treppe überkam sie ein ungeheures Glücksgefühl. Der weite Himmel über ihr, die warme Luft, die sich auf ihrem Gesicht weich und samtig anfühlte, und hinter der Giraffenplastik, die vor dem Flughafengebäude stand, tauchte ein blonder Wuschelkopf auf.

Groß, schlank, lässig, kam Chris in seinen khakifarbenen Bermudas auf sie zu. Er war braun geworden und wirkte in seinen Bewegungen so souverän, als sei er schon ewig hier. Sein Mund lächelte und seine blauen Augen stachen sogar auf diese Entfernung aus seinem Gesicht heraus. Kaya musste sich beherrschen, um nicht gleich loszurennen. Sie hob einen Arm und winkte, kam sich sogleich aber kindisch vor und verlagerte ihren Rucksack auf die andere Schulter.

»Na, meine kleine Winterpflanze«, sagte er, griff unter ihren offenen Haaren hindurch in ihren Nacken und bückte sich, um sie zu küssen. Atemlos gab Kaya den Kuss zurück. War er in den vergangenen Wochen gewachsen? Es kam ihr fast so vor. Sie musste sich strecken und als er sie losließ, war ihre Nase etwas unterhalb seiner Schulter. »Schön, dass du da bist«, sagte er und nahm ihr den Rucksack ab.

»Ich freu mich auch«, erklärte Kaya. »Total!«

Chris legte den Arm um ihre Schulter und gemeinsam gingen sie zu dem kleinen Förderband, um auf ihren Koffer zu warten.

»Wie war der Flug?«, wollte er wissen.

Ich habe die meiste Zeit an dich gedacht, sagte sie im Stillen, antwortete aber mit: »Lang, aber trotzdem gemütlich.«

Als sie seinen Blick sah, fügte sie hinzu: »Ich habe mir ausgemalt, wie es hier wohl sein wird.«

»Und was stellst du dir vor?« Er strich ihr eine Haarsträhne aus dem Gesicht. Die zärtliche Geste ließ sie fast vergessen, was sie eigentlich hatte sagen wollen.

»Ungefähr das, was du mir geschrieben hast und was ich auf der Homepage sehen konnte.«

»Es ist alles ganz anders«, sagte er lächelnd.

»Anders?«

»Viel schöner!«

Kaya nickte. Für sie war es jetzt schon schön. Schöner konnte es kaum werden.

Chris hatte einen Pick-up-Jeep dabei, der hinten mit allerlei Geräten beladen war. »Vorschlaghammer, Drähte, Pfosten«, sagte er, während er ihren roten Koffer in dem Durcheinander versenkte, »so was braucht man hier ständig.«

Kaya nickte und erklomm den Beifahrersitz.

»Hier sind kalte Getränke.« Chris zeigte auf eine kleine Getränkebox, die zu ihren Füßen stand. »Essen gibt es nachher im Camp. Wir fahren etwa eine Stunde, du kannst dich entspannen.«

Entspannen, das war leicht gesagt. Wie sollte sie sich neben ihm entspannen?

Sie fuhren durch Hoedspruit, eine ganz normale kleine Stadt mit breiten Straßen, großen und kleinen Geschäften und vielen Menschen. Manche waren geschäftig unterwegs, andere schienen einfach nur herumzustehen. Die Frauen trugen meist knallige Farben, bunte Kleider, Tücher und Turbane, was zu der braunen Haut gut aussah, die Männer waren eher gedeckt angezogen, dunkelbraun, khaki oder dunkelgrün. Aus der Stadt heraus fuhren sie auf eine Landstraße, rechts und links standen Häuser, manche erstaunlich prachtvoll, viele erbärmlich karg, schließlich wurden es weniger und nach einer Weile sah Kaya nur noch Land. Mal Ackerbau, mal nicht, ein großer Flickenteppich. Sie lehnte sich zurück. Chris hatte die Fenster geöffnet und Kaya genoss den Fahrtwind. Die Wärme fand sie klasse. Mitten im Winter! Es war einfach unglaublich, dass sie, Kaya Birk, jetzt in Afrika war.

Chris erzählte ihr von seiner Arbeit. Aber Kaya konnte sich kaum darauf konzentrieren. Andere Dinge erschienen ihr viel wichtiger. Würden sie zusammen in einem Bungalow schlafen? Es sind Rundhütten, hatte Chris ihr geschrieben. Ja, aber Rundhütten für einen alleine? Für zwei? Für mehrere? Sie hatte sich nicht getraut, danach zu fragen.

Chris bog ab, auf eine breite, schnurgerade Sandstraße, die sich erst am Horizont zu verlieren schien. Sie durchschnitt eine riesige Fläche voller Bäume mit tiefen, breit ausladenden Kronen und niedrigem Buschwerk, das den unbefestigten Weg säumte. Jetzt, im afrikanischen Frühling, zeigten die Äste und Zweige frisches Grün.

»Ich sehe überhaupt keine Tiere«, stellte Kaya nach einer Weile fest.

»Die warten nicht hier am Weg«, erklärte Chris schmunzelnd. »Die haben genügend andere Möglichkeiten …«

Kaya hätte die Frage gern zurückgenommen. Auf der anderen Seite war sie schließlich zum ersten Mal hier, das musste sie alles erst einmal begreifen. »Und was hast du schon gesehen?«, fragte sie deshalb. Sie sah in ihren Außenspiegel. Sie zogen eine riesige Staubwolke hinter sich her. Kein Wunder, dass sich die Tiere nicht zeigten, das würde sie selbst auch nicht.

»Alles, was du dir unter Afrika vorstellst«, sagte Chris, der ihren Blick in den Spiegel bemerkt hatte. »Wird dir die Luft zu staubig?«

»Es kitzelt in der Nase. Aber lass trotzdem offen, ich genieße das.«

Chris nickte. »Ja, in Amerika schalten sie alles mit ihrer heiligen Aircondition aus. Jeden heimischen Geruch, jeden wärmenden Sonnenstrahl, jede Form von Natur. Das ist hier anders.«

Kaya nickte. Mitreden konnte sie nicht, sie war noch nie in Amerika gewesen. Aber sie war ja auch nicht das Kind reicher Eltern, da hatte es Chris eben einfacher.

Die Fahrt war eintönig und einschläfernd, aber Kaya war hellwach. Chris sah einige Male zu ihr herüber und nickte ihr lächelnd zu. Sie hätte ihm gern die Hand auf den Oberschenkel gelegt, aber sie ließ es bleiben. Umso mehr freute es sie, als seine Hand plötzlich auf ihrem Bein lag. Sie legte ihre Hand darüber und sie verschränkten die Finger.

»Es wird dir gefallen«, sagte Chris.

»Es gefällt mir jetzt schon!«

Als sie endlich unter dem Schild »Daktari« in das Camp einbogen, war sie zunächst enttäuscht. Sie hatte es sich größer vorgestellt, weitläufiger. Die vielen Käfige irritierten sie, irgendwie hatte sie sich große Gehege ausgemalt. Und liebevoller gestaltet, nicht so einzeln hingeklatscht wie fallen gelassene Bausteine.

Sie fragte sich selbst, was genau sie eigentlich erwartet hatte, fand aber so schnell keine Antwort.

»So, Kaya, da wären wir. Dein Zuhause für die nächsten zwei Wochen.«

Chris ließ ihre Hand los und sprang aus dem Wagen. Vielleicht habe ich gedacht, ich fahre in einen deutschen Zoo mit Springbrunnen und blühenden Geranien? Kaya versuchte, ihre Desillusion zu verbergen und stieg ebenfalls aus. Chris hatte bereits ihren Koffer aus dem Wagen gewuchtet und ging ein paar Schritte voraus.

»Wo sind denn alle?«, wollte Kaya wissen.

»Mittagspause.« Chris drehte sich nach ihr um. »Hier fängt man sehr früh an: Essen für die Tiere richten, Ställe und Gehege misten, das ist ganz schön anstrengend. Und wir tun das ja nicht nur für die Tiere, sondern es ist auch ein Lernprozess für die Kinder. Die helfen uns. Das braucht Zeit, schließlich sollen sie verstehen, warum und wie wir das alles machen.«

Kaya nickte. In dem Moment sah sie den Esel, der seitlich in der Sonne lag und offensichtlich schlief. Seine Bauchdecke hob und senkte sich gemächlich und seine Augen waren geschlossen. Augenblicklich stahl sich ein Lächeln in ihr Gesicht.

»Das ist Eeyore.« Chris zeigte mit seinem Kopf zu ihm. »Er war verletzt. Jetzt lebt er hier und erfreut mit seiner Gutmütigkeit die vielen Kinder.«

»Er wird aber nicht geritten, oder doch?«

»Nee, nur verhätschelt. Er ist nach seiner Augenverletzung leider erblindet, allerdings ist er nun ein gutes Anschauungsobjekt, wie man mit Eseln, Pferden oder Ponys umzugehen hat.«

»Gut so!« Kaya nickte dem Esel zu. Das hörte sich schon mal richtig an.

»Und die hier?« Sie blieben an einem der Käfige stehen, die Kaya so klein und schmucklos vorgekommen waren. Erst jetzt sah sie die kleinen Tiere, die überall umhertollten und bei Kayas Anblick sofort neugierig an den Maschendraht kamen. »Ich glaube, die habe ich schon in den Videos gesehen … sie sehen aus wie Erdmännchen … aber die kenne ich ja auch nur aus Tierfilmen.«

»Das sind Banded Mongooses. Die werden hier aufgepäppelt, beispielsweise wenn sie ihre Mutter verloren haben, und dann wieder ausgewildert.«

»Mongooses. Genau, das wollte ich noch übersetzen, habe es aber vergessen.«

»Zebramangusten. Da liegst du mit deinen Erdmännchen gar nicht so schief.«

Kaya kniete sich nieder. »Sie sehen jedenfalls sehr putzig aus.«

»Pass trotzdem auf deine Finger auf. Beißen können sie nämlich auch, wenn sie dich nicht kennen!«

Kaya beobachtete die niedlichen Gesellen eine Weile. Na ja, klar, dachte sie. Das ist deren Lebensraum. Höhlen, Rohre, Kletterzeug. Die brauchen keine bunte Dekoration für Menschenaugen.

»Und dort drüben ist unser Leopard. Er war schwer verletzt, jetzt ist er wieder gesund. Aber er wäre in der Wildnis nicht mehr überlebensfähig, er wird also für den Rest seines Lebens hierbleiben.«

Kaya stand auf und ging mit Chris zu dem weitläufigen Gehege. »So ein schöner Kerl«, sagte sie andächtig. Eine Weile sahen sie sich in die Augen, der Leopard und sie. Kaya spürte einen Schauder. Was die Natur an Wundern und Schönheit hervorgebracht hat, dachte sie. So viel Schönes und direkt daneben so viel Grausamkeit durch Menschenhand.

»Und das?« Sie zeigte auf ein lang gezogenes Gebäude mit Strohdach, aber ohne Wände.

»Das ist unsere Schule!« Er lachte. »Du wirst schon sehen!«

Kaya drehte sich im Kreis. »Schönes Walmdach«, sagte sie und wies auf ein rundes Gebäude.

»Ja.« Chris nickte und nahm sie in den Arm. »Es braucht

eine Zeit, bis man die Schönheit entdeckt.« Er küsste sie vielsagend auf die Stirn.

Lautes, sirenenartiges Gelächter ließ Kaya herumfahren. Hinter ihnen sprangen zwei Mädchen wie Gummibälle in die Höhe und klatschten Beifall. Chris verbeugte sich in ihre Richtung und lachte. »We will see us later«, rief er und die beiden zogen kichernd Arm in Arm ab.

»Ich zeige dir jetzt dein Bett und anschließend stelle ich dir Michèle vor. Sie und ihr Mann Ian haben Daktari 2006 gegründet.«

»Das habe ich gelesen«, antwortete Kaya, fand aber die Frage, wo denn nun ihr Bett stehen würde, viel aufregender. »Ist das ganze Gelände umzäunt?«, wollte sie wissen, während sie neben ihm herlief.

»Ja, das macht Sinn. Hier gibt es genug Raubtiere, die Hunger haben. Da müssen wir unsere Tiere schützen.« Er warf ihr einen schrägen Blick zu. »Und uns …«

Vor einem kleinen, weiß gekalkten Haus blieb er stehen.

»Dein Zuhause«, sagte er und stieß die Tür auf. »Augenblick!« Er stellte den Koffer ab, drehte sich nach ihr um und nahm sie schwungvoll auf die Arme. Kaya schrie auf, da trug er sie auch schon hinein.

»Bist du verrückt?« Sie lachte und schlang die Arme um ihn.

»Frauen wollen über die Schwelle getragen werden, hat man mir gesagt …«

»Ja, aber …«, dann sagte sie nichts mehr, denn sie sah,

wohin er sie trug. Ein schmales Holzbett, das dicht an der Wand stand. Langsam legte er sie dort ab und setzte sich neben sie.

Kaya wusste nicht so recht, wie sie reagieren sollte. Ein Bett, ein schmaler Schrank, ein leerer Holztisch, das war es. Keine romantische Kuschelsuite, alles schlicht und einfach, und ganz klar auf den praktischen Nutzen abgestellt. Und zwar für *eine* Person.

»Wie gefällt es dir?« Nur ein Mann konnte so fragen, dachte Kaya. Wahrscheinlich fand er es grandios. Er hatte eben keinen Sinn für wohnlichen Nippes, kleine Dekorationen, freundliche Accessoires.

»Super!«, sagte sie.

Er beugte sich etwas über sie. Wie gern hätte sie ihre Arme um seinen Hals geschlungen und ihn zu sich hinuntergezogen, aber das schien ihr zu viel zu sein. Zu viel Anmache. Diese Einrichtung sprach ja Bände. Sicherlich hätte es auch eine Hütte mit einem Doppelbett gegeben. Sie würde sich nicht die Blöße der verschmähten Liebe geben.

»Doch.« Sie machte eine allumfassende Handbewegung. »Perfekt! So habe ich es mir vorgestellt!«

Chris warf ihr einen kurzen Blick zu, stand auf, ging hinaus, holte ihren Koffer und legte ihn auf den Tisch.

»Magst du zuerst duschen oder auspacken?«

»Auspacken.« Kaya hatte sich aufgerichtet und unterdrückte eine Woge der Enttäuschung.

»Die Duschen sind dort drüben, in dem runden Gebäude

mit dem aufgemalten Leo. Ich hol dich in etwa einer halben Stunde ab. Reicht dir das?«

Kaya nickte. Nachdem er die Tür zugezogen hatte, ließ sie sich auf das weiße Laken zurücksinken. Oh Mama, dachte sie, warum ist Liebe denn bloß so schwer?

5. Kapitel

Michèle schenkte sich gerade einen Kaffee ein, als sie kamen. Sie gab Kaya freundlich die Hand und bot ihr ebenfalls eine Tasse an. Während Chris zwei Becher füllte, meinte sie, dass Kaya mit Chris ja eine hervorragende Betreuung habe. Er habe sich in der kurzen Zeit so gut eingelebt, als ob er hier schon ewig leben würde. Chris grinste und Kaya fragte sich, ob es für sein offensichtliches Wohlfühlen vielleicht noch einen anderen Grund gab? Wie alt waren die Mädchen, die hier unterrichtet wurden? Oder wahrscheinlicher noch: Wie viele Volunteers arbeiteten hier eigentlich?

»Ja, er ist …«, erwachsener geworden, lag ihr auf der Zunge. Es kam ihr tatsächlich so vor, als ob er nicht nur körperlich gewachsen wäre, sondern auch reifer geworden sei. Seine ganze Ausstrahlung hatte sich verändert. Kaya korrigierte sich: »Ja, es scheint ihm hier sehr gut zu gefallen! Das kann man aber auch verstehen!« Sie verstand es zwar noch nicht, aber sie wollte auch nicht die miesepetrige Spielverderberin aus Deutschland abgeben.

»Ja, vielleicht gehst du gleich mal mit in den Unterricht? Nur kurz, zu deiner Information: Wir versuchen den einheimischen Kindern beizubringen, dass sie selbst etwas gelten, dass sie besser hier in der Gegend einen guten Beruf ausüben sollen, als in einer Stadt zu verarmen. Wir bringen ihnen den Umgang mit Tieren bei, sie kennen nämlich nur Hunde und Katzen, alle anderen Tierarten werden möglichst ferngehalten – und wenn sie zu nah kommen, im Zweifelsfall getötet. Bei uns lernen sie kaufmännisches Denken und Handeln, den Umgang mit der Umwelt, nebenher auch Disziplin und soziales Verhalten. Und wenn sie nach einer Woche wieder gehen, fühlen sie sich angenommen und stärker. Sie bekommen einen jungen Baumsprössling mit und schwören einzeln, darauf aufzupassen und auch sonst in Zukunft umzusetzen, was sie hier gelernt haben. Und die Lehrer in ihren Schulen geben uns recht – die Kinder und Jugendlichen kehren verändert zurück.«

Kaya hatte Mühe, Michèles schnellem Englisch zu folgen, aber das meiste hatte sie verstanden und den Rest konnte sie sich zusammenreimen.

»Wie groß sind denn so die Klassen in Afrika?«, wollte sie wissen.

»Es kommen etwa 60 Kinder auf einen Lehrer. Bei uns haben sie mehr oder weniger Privatlehrer, die auf jeden Einzelnen eingehen können.«

»Aber die Lehrer sind doch noch selbst Schüler?«

»Nicht nur. Es sind Abiturienten und Studenten. Und sie geben einfach ihre Erfahrung und ihr Wissen weiter. Geduld und Fürsorge, das lernt man hier.«

»Hört sich gut an«, sagte Kaya und nahm einen Schluck aus ihrem Becher. Der Kaffee war heiß, schwarz und schmeckte bitter. Genau so fühlte sie sich gerade. Was tat sie hier? Als 16-Jährige war sie doch eigentlich zu jung. Und Chris wollte sie in Wirklichkeit auch nicht, sonst hätte er das vorhin in der Hütte anders angefangen. Sie hatte geträumt. Mal wieder bitter-süß geträumt und zu Hause ihren Willen durchgesetzt. Das hatte sie nun davon.

»Dann, gut!« Chris war aufgestanden. Kaya warf ihm einen kurzen Blick zu, dann tat sie es ihm gleich.

»Also, ich werde die Kids nachher in Mathe unterrichten. Dazu gehört auch ein Kaufladen, einer ist der Käufer, der andere der Verkäufer. Ein Rollenspiel. Magst du dabei sein?«

Kaya nickte. »Sehr gern«, sagte sie und ging hinter ihm her. Erst jetzt fiel ihr sein T-Shirt auf. Auf dem Rücken stand groß seine Funktion. »Volunteers« und darunter, mit einer kleinen Tierzeichnung verziert, »DAKTARI Bush School & Wildlife Orphanage«. Was hieß eigentlich Orphanage? Sie hatte sich das zu Hause schon gefragt, hatte aber nicht nachgeschaut.

»Was heißt das eigentlich, da, auf deinem Rücken?«

Chris drehte sich nach ihr um. »Gehst du drei Schritte hinter mir? So, wie sich das für eine Frau gehört?«

Kaya stutzte, dann schnellte sie vor. »Ich gebe dir gleich drei Schritte!« Sie boxte auf seinen Oberarm und er lachte.

»Gott sei Dank, die alte Kaya. Ich hab schon gedacht, die sei auf dem Flug irgendwo verloren gegangen …«

»Quatsch!« Kaya funkelte ihn an. »Aber selbst ich muss mich erst einmal an eine neue Situation gewöhnen!«

»Ist ja gut.« Er hielt ihre Fäuste fest und lachte noch immer. »Jetzt hast du dich ja gewöhnt!«

»Hi Dear!« Eine langhaarige Blondine ging an ihnen vorbei.

»Hi Jeanette!«, gab Chris zurück und nickte ihr zu.

Hi Dear? Damit hatte sie doch ihn gemeint? Kaya wollte nichts sagen, aber sie spürte einen plötzlichen Zitronengeschmack im Mund.

»Jeanette ist Australierin. Sie ist bereits zum zweiten Mal hier«, erklärte Chris und ließ Kayas Hände los. »Wenn du Fragen hast, kann sie dir auf alles eine Antwort geben.«

»Ist ja toll«, sagte Kaya und hatte bereits die erste Frage parat, aber *die* Blöße wollte sie sich dann doch nicht geben.

In der Mitte des mit Stroh gedeckten Langhauses stand ein langer Holztisch, an der Längsseite hing eine dreiflügelige Tafel und davor standen ein überdimensionaler Globus und ein Kaufladen, wie Kaya ihn aus Kindertagen kannte. Nur größer und mit richtigen Lebensmitteln bestückt.

»Achtung!« Chris deutete in eine Richtung. »Da kommen sie ...«

Ein bunter Haufen Kinder tollte heran. Kaya schätzte sie auf vielleicht zwölf Jahre, einige wirkten aber auch älter. Die Mädchen hatten kunstvoll gezöpfelte Frisuren, manche trugen hübsche gemusterte Kleider, die in der Bewegung frei um ihre Körper schwangen, die Jungs sahen in ihren hellen

Hemden ebenfalls sehr gepflegt aus. Hatten die Eltern sie für die Woche Busch-Schule extra neu eingekleidet? Also, sie würde zu einer Woche Camp im Busch eher Jeans und beigefarbene T-Shirts mitnehmen. Als sie näher kamen, verstummte das laute Geplapper und Gelächter, aber dass sie sich freuten, war deutlich in ihren Gesichtern zu lesen. Sie strahlten direkt, als sie Chris sahen, und Kaya fragte sich, wann sie selbst zuletzt so freudestrahlend in eine Unterrichtsstunde gegangen war. Wahrscheinlich noch nie – oder sie konnte sich nicht erinnern.

»Hi Guys!« Chris schaltete sofort auf großen Bruder um und alle setzten sich erwartungsvoll auf ihre Stühle, danach stellte er Kaya vor. Sie erntete neugierige Blicke aus braunen Augen und ein durchweg freundliches Lächeln. »Sie macht euch jetzt mal vor, wie man als deutsche Verkäuferin Waren anbietet, verkauft und dabei ganz schnell den Preis ausrechnet, ohne dass man sich selbst oder den anderen betrügt.«

Ach, du lieber Himmel, dachte Kaya. Das geht ja gut los.

»Wer von euch traut sich, bei ihr einzukaufen?«

Ein schlaksiger Junge in grauer Stoffhose und sorgfältig gebügeltem weißen Hemd meldete sich. Chris nickte ihm aufmunternd zu und Kaya erhob sich, um sich in den kleinen Kaufladen zu stellen. »Ich brauch Stift und Papier zum Rechnen«, sagte sie auf Deutsch zu Chris.

»Stift und Papier liegen dort«, antwortete er auf Englisch. »Nur auf die Rechenmaschine musst du verzichten. Hier ist Kopfrechnen angesagt …«

Alle lachten und der Junge kam athletisch auf sie zu. Er bewegt sich wie ein junger Panther, dachte Kaya, und stellte sich in Position. Er öffnete eine imaginäre Tür, trat ein und begrüßte sie höflich. Kaya musste sich anstrengen, um sein Englisch zu verstehen, aber es ging ganz gut und schließlich versuchte sie, in ihre Sätze ein paar Lacher einzubauen. Es gelang ihr und sie spürte, dass ihr dieses Spiel Spaß machte. Nachdem der Junge ihren zusammengerechneten Preis mit Spielgeld bezahlt hatte, ging er hinter den Laden und jemand anderes kaufte ein, ein pummeliges Mädchen in einem pinkfarbenen, engen Rock, das sämtliche Schokolade aufkaufte. Auch hier lachten alle fröhlich und Kaya dachte: Toll, von Mobbing keine Spur. Sie hatte sich auf einen freien Stuhl gesetzt und merkte, dass sie sich nicht nur entspannte, sondern sich wohlzufühlen begann. Sie beobachtete Chris und vor allem die Reaktion seiner Schüler auf ihn. Er war beliebt, das war offensichtlich, und Kaya dachte mit einem leichten Lächeln: Warte nur, ich krieg dich schon noch.

Nach der Schule nahm Chris sie mit zur Leopardenfütterung. »Schau auf die Kinder«, sagte er. »Als sie vor ein paar Tagen herkamen, waren sie voller Scheu … und jetzt? Jetzt machen sie das mit einer geradezu angeborenen Selbstverständlichkeit!«

Während der Leopard im Nebengehege wartete, versteckten die Kinder in seinem großen Gehege viele kleine Fleischstücke. Manche recht einfach und sichtbar, andere in Röhren oder sie hängten sie sogar an der hohen Decke auf. Als der Durchgang geöffnet wurde, hatten sie ihren Spaß daran, wie der Leopard suchte und ein Stück nach dem anderen fand. Um an die Decke zu gelangen, sprang er entweder federnd vom Boden ab oder erklomm entsprechend hohe Boxen. Manchmal musste er mehrfach springen, bis es gelang, aber er gab nicht auf, bis er das letzte Stück erwischt hatte.

»Das erhält seine Sprungkraft«, erklärte Chris, »und außerdem bringt es ihm Abwechslung. Ich glaube sogar, es macht ihm Spaß.«

Den Eindruck hatte Kaya auch. Sie dachte an ihren Kater zu Hause, der im Winter am liebsten faul auf der Couch lag. Vielleicht konnte sie sich hier was abschauen …

Sie sah sich um und plötzlich hatte sie das Gefühl, dass es vor grünen T-Shirts nur so wimmelte. Wo kamen plötzlich die ganzen Volunteers her? Chris legte den Arm um ihre Schultern. Die Geste tat Kaya gut.

Seht nur alle genau her, dachte sie, das ist meiner!

»Komm«, Chris zupfte an ihrem Ohrläppchen, »ich stelle sie dir jetzt vor. Und nachher bekommst du auch ein T-Shirt, dann bist du in den Kreis der Daktari-Volunteers aufgenommen.«

Kaya hatte Jeanette entdeckt. Sie war nicht nur hübsch, blond und braun gebrannt, sondern auch extrem langbeinig, was in ihren kurzen Shorts gut zur Geltung kam. Kaya dachte an ihre blassen Beine und beschloss, sie vorerst in langen Hosen zu lassen. Sie hätte ja auch mal in eine Bräunungsdusche gehen können, aber das fiel ihr jetzt erst ein. Und ebenso fiel ihr wieder ein, dass sie nach der deutschen Übersetzung für Orphanage fragen wollte. Sie reckte sich etwas, um an Chris' Ohr zu kommen. »Mir fällt gerade auf«, begann sie, »ich weiß gar nicht, was Orphanage auf Deutsch heißt.«

»Waisenhaus«, flüsterte er ihr ins Ohr.

Sie bekam eine Gänsehaut. Ob es an seiner Stimme so nah an ihrem Ohr lag oder an der Bedeutung dieses Wortes, das wusste sie nicht.

Am Abend kamen alle Volunteers zusammen. Am Rand des Camps war ein Lagerfeuer entfacht worden und Kaya war mit ein paar Mädchen hingegangen, die sie am Nachmittag kennengelernt hatte. Sie waren international und alle nett, aber sie interessierten Kaya nicht. Der einzige Junge, der sie interessierte, war nicht dabei. Wo war Chris? Kaya hatte sich auf einen umgelegten Baumstamm gesetzt und schnitzte das Ende eines Zweiges, den ihr jemand mitsamt einem Taschenmesser in die Hand gedrückt hatte, spitz. Dort vorne seien Getränke, Brot und Würste, wurde ihr bedeutet, und sie solle sich selbst bedienen. Kaya versuchte, die Schatten, die um das Feuer herumtanzten, zu identifizieren. Es war schwierig, denn einige der Mädchen waren groß und schlank, aber nach einer Weile war sie sich sicher: Jeanette war auch nicht da. Chris und Jeanette fehlten. An ihrem ersten Abend! Kaya schnitzte noch immer, der Ast wurde ständig kürzer. Irgendwann hielt ihr jemand eine Wurst hin. Wahrscheinlich halten die mich für total blöd, dachte Kaya, aber sie konnte sich weder an einem Gespräch beteiligen noch mit den anderen lachen. Es war ihr einfach nicht nach Lachen zumute. Du bist in Afrika, versuchte sie sich umzustimmen. Das sind andere Temperaturen, andere Geräusche, andere Gerüche, lass dich fallen, gib deine Gedanken frei. Es führte aber nur dazu, dass es ihr die Kehle zuschnürte. Ihre Wurst, die sie über die Glut hielt, wurde langsam schwarz und ihre Cola warm. Ich hätte zu Hause bleiben sollen, dachte sie, was will ich hier. Ein Mädchen neben ihr, eine Britin mit extrem spitzem Englisch, verwickelte sie in ein Gespräch. Sie konnte nicht anders, sie musste antworten, aber bei der erstbesten Gelegenheit stand sie auf und ging in ihre Hütte.

Chris, dachte sie, während sie auf ihrem schmalen Bett lag. Warum tust du mir das an?

6. Kapitel

Am nächsten Morgen kam er früh mit einer Tasse Tee zu ihr ans Bett.

»Early morning tea«, sagte er dazu und lachte sie an. Kaya wusste nicht, wie sie reagieren sollte. Vorwürfe lagen ihr auf der Zunge, aber sie schluckte sie herunter. Er war schließlich nicht ihr Eigentum.

»Du musst ja gut ausgeschlafen sein«, meinte er.

»Wieso?«

»Na, als ich zum Lagerfeuer kam, warst du schon weg. Und das war noch ziemlich früh.«

Kaya hatte kein Zeitgefühl. Sie hatte keine Ahnung, wann sie ins Bett gegangen war. Aber eines wusste sie: Sie war alleine ins Bett gegangen. Und bis dahin war er nicht da gewesen.

Langsam richtete sie sich auf.

»Trink langsam, er ist heiß!« Er griff nach einem Stuhl, rückte ihn neben ihr Bett und stellte die Teetasse darauf ab. »Wir sehen uns nachher.«

Mit diesem Satz war er draußen. Kaya ließ sich zurück aufs Laken sinken. Sie dachte an den langen Kuss auf dem Springplatz, als sie mit den Pferden Fußball spielten. Sie dachte an Sir Whitefoot und an die Springstunde, die sie heute hätten. Sie dachte an ihre Eltern, an Alexa und ihren Kater und dann rollte sie sich ein. Sie wollte nicht aufstehen und zudem wollte sie überhaupt nicht in Afrika sein.

Aber irgendwann stand sie dann doch auf. Schließlich war sie als Volunteer hier und hatte Pflichten. Welche, wusste sie zwar noch nicht, aber dass hier die Arbeit sehr früh begann, war ihr gleich gesagt worden. Es war schon warm und sie blieb vor ihrer Hütte stehen, sah sich um und lauschte den ungewohnten Vogelstimmen.

Überall war bereits Leben, in einer der offenen Hütten saßen viele in grünen T-Shirts auf dem Boden und sortierten Salatblätter in große Schüsseln. Sie ging näher. Offensichtlich war sie doch schon recht spät dran, obwohl es auf ihrem Handy gerade mal sechs Uhr gewesen war.

»Hi, Kaya!« Jemand rief nach ihr, eine weibliche Stimme, sie konnte gegen das helle Licht aber nicht erkennen, wer. Da sah sie eine winkende Hand und ging darauf zu. Es war die Engländerin von gestern Abend. Sie saß mit den anderen um große Plastikschüsseln herum und verteilte Futter.

»Bist du müde geworden?«, wollte sie wissen und zeigte einladend auf den Sandboden. Kaya setzte sich neben sie.

»Der Salat wird dort vorne mit dem Wasserschlauch gewaschen, kommt in der großen Tonne hier an und wir verteilen ihn«, erklärte sie und Kaya überlegte, wie sie wohl hieß. Sie hatte ihren Namen vergessen.

»Okay.« Kaya nickte. Der Salat erinnerte sie an zu Hause.

Wie oft in ihrem Leben hatte sie schon Salat gerichtet? Und jetzt tat sie es für Affen.

»Geht es dir gut?«, wollte die Engländerin wissen.

»Sehr«, log Kaya. Ihre Augen glitten über alle hinweg, aber Chris war nicht zu entdecken. Und Jeanette auch nicht.

Sie beschloss, an einen Zufall zu glauben. Aber es gelang ihr nicht. Als sie mit den anderen hinausging, um die vollen Schüsseln zum Transport auf einen offenen Wagen zu stellen, hörte sie plötzlich seine Stimme. Wie elektrisiert drehte sie sich nach ihr um. Er stand mit drei etwa gleichaltrigen Jungs an einem großen Transportkäfig, den sie gemeinsam auf die Ladefläche eines Pick-up-Jeeps hievten.

»Eine junge Hyäne wird an ihren Fundort zurückgebracht. Sie war verletzt, jetzt ist sie wieder heil und kann zu ihrer Familie zurück«, erklärte das Mädchen, als sie Kayas Blick bemerkte.

»Findet sie die?«, fragte Kaya ohne rechtes Interesse. Ihr Interesse galt Chris, der sie offensichtlich nicht bemerkte.

Sie zuckte mit den Schultern. »Ich denke schon.«

Der Käfig war auf dem Wagen, alle vier Jungs setzten sich darum herum und ein Fahrer, den Kaya von hier aus nicht sehen konnte, fuhr an. Das Letzte, das Kaya von Chris sah, war seine erhobene Hand. Hatte er sie entdeckt? Hatte das ihr gegolten? Dann ging alles in einer einzigen Staubwolke unter.

Aber viel Zeit zum Nachdenken hatte sie nicht mehr, denn nun ging der Unterricht los und Michèle kam an ihre Seite, um sie einzuweisen und überall einzubinden.

Das war nicht schlecht, fand Kaya, denn plötzlich fiel ihr auf, dass sie vor lauter neuen Eindrücken und Ablenkungen überhaupt nicht mehr an Chris dachte. Doch da kam Jeanette auf sie zu. Sie trug mehrere Bücher und war offensichtlich auf dem Weg zum Unterricht. Es war wie im Film, fand Kaya. Jenseits von Afrika, oder so. Im ockerfarbenen Licht wirkte sie in ihren weißen Shorts und dem T-Shirt, das sie unter ihrer Brust geknotet hatte, wie eine Erscheinung. Ihre langen, blonden Haare bewegten sich bei jedem Schritt als ob sie gegen eine Windmaschine liefe. Sie musste sie lang und ausführlich gebürstet haben. Es war grotesk, fand Kaya, und sie hätte im Vorbeigehen gern mit »Hi Dear«, gegrüßt, sagte aber gar nichts, sondern drehte sich nur um und sah ihr hinterher, wie sie zur Schule ging. Ihr Herz schlug bis zum Hals. Das war also die Wachablösung, dachte sie. Nannte man das so? Chris war schon fast zwei Monate hier. Was hatte sie erwartet? Er sah gut aus, sie sah gut aus, er hätte sie warnen können. Das hätte er tun müssen.

Kaya machte sich auf die Suche nach Michèle.

»Michèle, ich brauch Arbeit«, sagte sie.

»Da kann ich dir helfen.«

Am Abend saßen sie wieder alle am Lagerfeuer und diesmal war Chris mit dabei. Allerdings saß er nicht neben ihr, sondern schräg gegenüber. Er hatte ihr eine Wurst und ein kaltes Bier gebracht und sie gefragt, wie sie sich fühle, ob es ihr gefiele. Wie eine völlig wildfremde Person.

»Danke, ja«, hatte sie steif geantwortet und ihr Ästchen mit dem Taschenmesser bearbeitet. Das hätte sie ihm gern irgendwo hingerammt. Oder seiner Jeanette. Ersatzweise durchlöcherte sie ihre Wurst.

Vier Tage später hatte sie sich eingelebt. Sie fühlte sich von den anderen gut aufgenommen und kam zurecht. Sie hatte mit den Kindern Tierbabys mit der Flasche gefüttert, die Käfige ausgemistet, endlos Salat für die Affen gerichtet, Spiele gespielt, Abfall gesammelt, hatte Aufgaben in der Schule übernommen und den staunenden Kindern vom Winter in Deutschland erzählt. Von den geschmückten Christbäumen, vom Schnee, von der Kälte und den zugefrorenen Seen. Vom Schlittschuhlaufen und vom Schlittenfahren. Sie war sich wie eine Märchentante vorgekommen, so weit weg war das hier alles, so unvorstellbar, wie für sie dereinst die Märchen ihrer Kinderzeit. Das Einzige, was sie total kränkte, war Chris, der sie wie alle anderen mit distanziertem Wohlwollen behandelte. Seit er sie über die Schwelle getragen hatte, war keine weitere Annäherung passiert. Dabei war sie doch wegen ihm hierhergefahren. Sollte sie ihm das einfach mal sagen? Jeanette hin oder her. Sie wusste ja noch nicht mal, ob sie der Grund für sein seltsames Verhalten war. Die beiden letzten Abende hatte er sie am Lagerfeuer mit einem Gute-Nacht-Küsschen verabschiedet, das eher väterlich denn heißblütig war, zumal auch noch vor den anderen Volunteers. Oder gab es hier im Camp so eine Art Liebesverbot? Sie konnte es sich nicht vorstellen. Die ganzen Freiwilligen gingen locker miteinander um, junge Männer, junge Frauen, sie scherzten und tanzten in ihrer Freizeit miteinander, machten Unsinn und kugelten fröhlich im Sand herum. Und was danach noch lief, wusste keiner. Sie jedenfalls nicht, sie war die ersten Abende recht müde gewesen und früher ins Bett gegangen als die anderen. Maja, ein schwedisches Mädchen, hatte sie getröstet. »Am Anfang ist man wirklich sehr müde. Das waren wir alle. Nach ein paar Tagen hast du so viel Power und Energie, da magst du überhaupt nicht mehr ins Bett!«

Power und Energie? Wo ging Chris mit seiner Power und Energie hin, wenn es dunkel wurde? Sie konnte machen, was sie wollte, sie hatte immerzu dieses Bild im Kopf, wie Jeanette auf sie zuschwebte. Mit den Büchern unter dem Arm, wie ein Madonnenbild. Verdammt, dachte sie. Lass dich nicht unterkriegen. Du nimmst hier jetzt alles mit, was dir guttut. Und wenn Chris nicht der Richtige für dich ist, dann suchst du dir eben einen anderen. Sie spürte bei diesem Gedanken den dicken Kloß im Hals, aber sie schluckte ihn hinunter. Sie würde ihn schon noch zur Rede stellen. Ganz sicherlich kam irgendwann der passende Moment. Der passende Moment kam immer.

Sie hatten gerade gemeinsam zu Mittag gegessen, als Taio, ein afrikanischer Mitarbeiter, zu ihr kam. Sie würden heute Nachmittag einige Mongooses in die Freiheit entlassen, ob sie wohl mitwolle?

Kaya sprang auf vor Freude. Ja, wahnsinnig gern sogar!

Er winkte auch zwei Jungs zu sich, die sie schon kannte. Einen Italiener und einen Amerikaner. Es war schon unglaublich, wie international das hier war, dachte Kaya. Und es war ihr klar, dass diese Kontakte nützlich waren. Vielleicht mal eine Reise nach Australien? Nein, zu Jeanette wollte sie jetzt nicht unbedingt, dann doch lieber nach Schweden zu Maja.

Taio lachte über ihre offensichtliche Freude. Ein Strahlen ging über sein ganzes Gesicht, die weißen Zähne blitzten. »Come on«, sagte er. In diesem Augenblick bog Chris um die Ecke und als Taio ihn wahrnahm, winkte er auch ihm zu. Chris nickte bestätigend und kam her.

»Fährst du mit?«, fragte er Kaya.

»Taio hat mich eingeladen«, antwortete Kaya distanziert. Was Chris konnte, konnte sie schon lang.

»Das wird dir gefallen! Ich komme auch mit«, sagte er und drehte sich zu den Jungs um, die hinter ihm anfingen, rhythmisch in die Hände zu klatschen. »Freedom for the Mongooses«, sang der eine zu einer Fantasiemelodie und der andere fiel mit ein: »Libertà per tutti gli animali e tutti gli esseri umani.« Den Refrain rappten sie gemeinsam und Taio tanzte so rhythmisch dazu, als höre er Buschtrommeln. Kaya musste lachen. So ein verrückter Haufen, dachte sie, und fing an, sich wohlzufühlen. Trotz Chris? Oder wegen Chris? Zumindest war es die erste Ausfahrt mit ihm, dachte sie, und das war doch schon was.

Zwei Helfer standen bereits in einem der Gehege und

sammelten die Tiere ein, die neugierig herbeikamen. Vorsichtshalber mit Handschuhen, wie Kaya sah. Sieben wollige, kleine Gesellen waren es schließlich, die in den Transportkäfig gesetzt wurden und ihn sofort genau untersuchten. Während die Männer den Käfig in den Pick-up hievten, kletterte Kaya auf den Beifahrersitz. Sie war seit ihrer Ankunft nicht mehr aus dem Camp hinausgekommen und sie freute sich auf die Fahrt und den Busch. Taio nickte zu ihr hinüber, während er den Motor startete, und Kaya gurtete sich an. Typisch deutsch, dachte sie gleich danach, aber immerhin konnte einem hier in Afrika ja schließlich ein Elefant in die Quere kommen. Und bei einer Notbremsung wollte sie nicht zwischen seinen Stoßzähnen landen.

Taio fuhr auf einem sandigen Weg entlang, der tiefe Fahrspuren hatte und jede Menge Wellen und Unebenheiten. Der Wagen ratterte und Kaya sah sich nach Chris und den zwei Männern um. Sie saßen neben dem Käfig auf der Ladefläche, hielten sich fest und ihren fröhlichen Grimassen nach schienen sie allerbester Laune zu sein. Rechts und links spähte Kaya zwischen dem niedrigen Buschwerk und den hohen Bäumen hindurch. Im Vorbeifahren sah sie einige flüchtende Impalas, eine Antilopenart, und mehrere Zebras und ärgerte sich, die Kamera nicht mitgenommen zu haben. Auch kein Handy. Aber die Einladung war so überraschend gekommen, dass sie es total vergessen hatte. Egal, genieß einfach mit den Augen, sagte sie sich. »Can we see giraffes?«, fragte sie. Sie hätte gern mal so ein wunderschönes Tier gesehen. Und am liebsten im Galopp. Im Fernsehen sah das so unglaublich erhaben aus, wie in Zeitlupe.

»Maybe«, lächelte er. »Maybe not.«

Ah ja, das war eine erschöpfende Auskunft, fand Kaya. »Perhaps a lion?«, fragte sie weiter.

»Surely not.«

Ganz sicher nicht? War sie nicht in Afrika? Mitten im Busch? Da musste es doch Löwen geben, sonst waren die ganzen schönen Tierfilme vielleicht doch eher Hollywood-Aufnahmen?

»And elephants?«

Er brach in Gelächter aus. »You will see giraffes and elephants and lions. We make a safari with all our volunteers and also with the kids.« Er lachte noch immer und seine weißen Zähne beherrschten sein ganzes Gesicht. »Yeah! You will get it!« Er hieb vor lauter Spaß auf das Lenkrad.

Yeah, dachte Kaya. Afrika! Schon dieser Weg war wie im Film, darüber der Himmel, der heute nicht stahlblau war, sondern wie ein saharafarbener Schleier über der Landschaft lag. Es war fast mystisch, fand Kaya, und am liebsten wäre sie jetzt mit Chris alleine unterwegs gewesen, ohne fröhliche Meute und sieben Mongoose, sosehr sie ihnen die Freiheit auch gönnte.

»Look there!« Taio wies nach vorn. Kaya strengte ihre Augen an. Übersah sie etwas? Nur eine Lichtung, die an einen See grenzte. Schilfähnliches Gras, das in Sand überging. Das war malerisch. »Beautiful,« sagte sie.

»The crocodile!«

The crocodile? War sie blind? Sie konnte kein Krokodil sehen.

Taio bremste und zeigte mit dem Finger auf etwas, das wie ein großer, ausgeblichener Baumstamm im Sand lag. Ein Krokodil, tatsächlich. Kaya beugte sich vor. Das erste Krokodil, das sie ohne schützende Mauern sah. Dafür saß sie nun in einem schützenden Auto. »Wie aufregend!«, wisperte sie.

»Es ist ein Weibchen, sie liegt auf ihren Eiern. Die wird sie nicht verlassen, sie stellt keine Gefahr für uns dar.«

Wie konnte er das wissen? Aussteigen wollte sie jedenfalls nicht. Sie drehte sich nach Chris um. Auch die Jungs hatten das Krokodil entdeckt. Obwohl sie es durch die Glasscheibe des Rückfensters nicht hören konnte, mutmaßte sie, dass sie nur noch flüsterten. So sahen sie jedenfalls aus.

Passt bloß auf die Mongooses auf, dachte sie. Die waren ja völlig unerfahren, woher sollten die wissen, dass so ein Baumstamm Zähne hat?

Taio fuhr weiter. Aber an einer anderen Stelle des Sees hielt er an. Kaya sah sich um. Hier schienen keine Gefahren zu lauern. Die Männer hievten den Käfig vom Auto und nachdem Taio den Schieber hochgezogen hatte, tasteten sich die Tiere langsam in die Freiheit. Zunächst erkundeten sie das Gelände um das Auto herum und blieben in der Nähe der ihnen vertrauten Menschen. Nach und nach wurden sie mutiger. Und schließlich tollten sie gemeinsam wie eine übermütige Kinderschar davon. Kaya hatte ein wehmütiges

Gefühl. Sie hatte diese Kleinen nicht großgezogen, aber trotzdem empfand sie so etwas wie Abschiedsschmerz.

»Dreißig Minuten«, sagte Taio und klopfte auf seine Armbanduhr. »Die waren schnell!«

Sie wollten gerade zum Auto zurück, da hörte sie es. Ein Geräusch, das sie aus tausend anderen herausgefiltert hätte, egal, unter welchen Bedingungen.

Sie drehte sich nach Chris um.

»Halt! Hörst du das?«

Er trat an ihre Seite.

»Was?«

Zwischen den Bäumen hindurch, mitten aus dem Busch, kam ein Reiter. Und dahinter noch einer. Und noch einer. Kaya hüpfte das Herz. Was für schöne Pferde. Warmblüter. Ganz wie zu Hause. Am Schluss waren es fünf Reiter, die vor dem Jeep stehen blieben.

»Hi Philip«, sagte Taio. Der Anführer der Gruppe stieg ab und die beiden gaben sich die Hand.

»Ist schon Zeit für einen Sundowner, dass ihr hier mit dem Jeep unterwegs seid?«, fragte Philip und Taio lachte herzlich, schüttelte dabei aber vehement den Kopf.

Kaya schätzte Philip auf das Alter ihres Vaters. Er sah kernig aus, eine männlich durchtrainierte Figur in khakifarbenen Kleidern und dunkelbraunen Reitstiefeln. An seinem Sattel hingen eine Nilpferdpeitsche und ein Gewehr.

Philip zeigte auf den Käfig. »Freiheit für eine Mongoose-Familie?«

Taio nickte. »Sieben Stück. Neugierig wie alle, ich denke, sie kriegen es hin.«

Kaya konnte nicht anders. Sie trat vor.

»Sie reiten mit Pferden durch den Busch?«, fragte sie auf Englisch. »Das muss ein Traum sein.«

»Man kann jeden Traum zur Wirklichkeit machen«, antwortete Philip auf Deutsch.

»Und wie?«, fragte sie.

»Indem man zu uns kommt.«

»Und was heißt das?«

»Kannst du reiten?«

»Ich habe selbst ein Pferd.« Sie drehte sich nach Chris um. »Und Chris auch.«

»Ist er dein Bruder?«

»Nein, mein …« Sie brach ab. Sie wusste es ja selbst nicht.

Philip warf ihr einen amüsierten Blick zu.

»Ich ruf Michèle an. Und wenn sie einwilligt, lass ich euch abholen.«

Abholen? Einfach so? Zum Reiten? Durch den Busch? Kaya glaubte, ihr Herz müsse stehen bleiben.

»Das wäre … einfach große Klasse«, stammelte sie.

»Wir sind Mitbegründer und Sponsor von Daktari«, sagte Philip und stieg wieder auf sein Pferd, das die ganze Zeit hinter ihm gestanden und gewartet hatte. »Und es schadet nichts, wenn einige Volunteers wissen, was hinter dem Namen ›Wait-a-little‹ steht.«

Sponsoren. Darüber hatte Kaya noch gar nicht nachgedacht. Aber klar, Daktari war ja ein Unternehmen, das ausgewiesenermaßen keinen Profit machte. Und von irgendwo musste das Geld ja herkommen.

»Ich würde mich wahnsinnig freuen«, sagte sie.

»Und ich mich auch!«, fügte Chris an.

Philip lächelte kurz, wendete sein Pferd und genau so, wie sie gekommen waren, verschwanden sie wieder. Zurück blieben das Knacken durchgetretener Äste und ein leises Schnauben.

»Ich glaub's nicht«, sagte Kaya.

»Das ist super!« Chris legte ihr kurz den Arm um die Schulter. »Das wäre ein erstklassig tolles Weihnachtsgeschenk!«

Die Geste brachte Kaya völlig durcheinander. War das jetzt eine Annäherung? Oder ein Zufall? Sie konnte es nicht abschätzen. Hier allerdings an Weihnachten zu denken, fand sie absurd. Aber klar, dachte sie weiter, Chris hatte ja Weihnachten unter der afrikanischen Sonne gefeiert, da war so ein Gedanke vielleicht ganz normal.

Für die Rückfahrt hatte Kaya den bequemen Beifahrersitz neben Taio aufgegeben, um hinten bei den Jungs neben Chris sitzen zu können. Zwei auf der einen Seite und zwei auf der anderen, hatten sie den Käfig zwischen sich. Kayas Herzschlag hatte sich verschärft. Nicht nur wegen der unglaublichen Aussicht, hier im Busch reiten zu dürfen, sondern auch wegen Chris, der sich plötzlich so anders verhielt. Er alberte mit ihr und den beiden Jungs herum und bei harten

Stößen auf der Sandpiste griff er nach ihr. Kaya hielt fast die Luft an, aus Sorge, sie könne ihn verschrecken und er säße dann wieder drüben auf der anderen Seite des Käfigs, weit weg von ihr.

Als sie im Camp ankamen, waren die Kids beim Wasserball im Swimmingpool. Einige davon mit Schwimmringen, was lustig aussah, aber alle voller Motivation. Sie hüpften und kämpften und lachten und spuckten Wasser, und Kaya freute sich mit ihnen. Am meisten freute sie sich allerdings über die heutige Begegnung. Mit den Pferden – und mit Chris.

Auf dem Rückweg vom Swimmingpool kam Michèle zu ihr und nahm sie zur Seite. Gerti habe sie angerufen und sie hielte das für eine gute Sache. Wer denn nun Gerti sei, fragte Kaya. Und sie erfuhr, dass Gerti und Philip die Farm vor Jahren gekauft hatten, und dass sie auf einem Gelände von 350 Quadratkilometern Pferdesafaris veranstalteten. Was?, hatte Kaya nachgefragt. Reitsafaris, hatte Michèle erklärt. Statt in einem Auto auf einem Pferderücken. Kaya hatte das Gefühl, sämtliche Glöckchen des Pferdehimmels bimmeln zu hören. Und vom Pferderücken aus könne man tatsächlich alle Big Five sehen, fuhr Michèle fort. Die Frage, was das sei, verkniff sich Kaya, denn sie hatte irgendwie das Gefühl, dass sie das wissen müsste. Sie würde Chris fragen. Dazu kam es aber nicht mehr, denn Michèle schickte sie in ihre Hütte, um ein paar Sachen zu richten. Der Jeep käme nachher, sie würden heute auf *Wait-a-little* schlafen, denn morgen früh um sechs Uhr ging der erste Ritt los. Und da müssten sie um vier Uhr aufstehen.

»Ich habe aber keine Reitsachen dabei«, erklärte Kaya, die glaubte, ihr Herzschlag müsse ihre Halsschlagader sprengen.

»Die finden was für dich«, sagte Michèle lächelnd. »Und für Chris auch. Also los, ich wünsche euch viel Spaß. Und kommt heil wieder.«

7. Kapitel

Als der grüne, offene Defender mit der heruntergeklappten Windschutzscheibe auf den Parkplatz fuhr, standen Kaya und Chris schon wartend da. Chris hatte Kaya die Hand auf die Schulter gelegt. »Das habe ich dir zu verdanken«, sagte er. »Ich wäre nie auf die Idee gekommen, ihn anzusprechen.«

»Ich auch nicht«, antwortete Kaya, »wenn er nicht auf einem Pferd gesessen hätte.«

Chris lachte, dann bückte er sich und nahm die beiden kleinen Reisetaschen auf, die neben ihnen standen. Eine junge Frau sprang aus dem Jeep. »Ich soll euch abholen«, sagte sie auf Englisch. »Ich bin Judy und mache gerade mein Praktikum bei *Wait-a-little.*« Sie grinste breit und Kaya warf einen kurzen Blick auf ihre dunkelbraunen Reithosen, die ziemlich durchlöchert waren. Dazu trug sie ein khakifarbenes Hemd mit Camp-Logo und eine Schildmütze über rötlichem Lockenhaar. »Wenn ihr erst mal bei uns seid, werdet ihr überhaupt nicht mehr zurückwollen.« Sie lachte fröhlich und begrüßte beide mit Handschlag. »Wo kommt ihr her?«

»Aus Deutschland«, gab Chris zur Auskunft und Judy nickte.

»Da wollte ich schon lange mal hin. Man hört so viel Gutes!«

»Und du?«

»Australien.«

Schon wieder, dachte Kaya, aber auch in Australien schien es völlig unterschiedliche Modelle zu geben. Judy war ein richtiges Pferdemädchen, handfest, zupackend und ganz bestimmt kameradschaftlich, da war sich Kaya sicher. Und Jeanette war ... sie konnte nichts Negatives feststellen. Sie war eben sehr hübsch. Vielleicht zu hübsch. Kaya warf Chris einen Seitenblick zu und versuchte, den Gedanken abzuschütteln. Sie stiegen ein und setzten sich nebeneinander auf die erhöhte Sitzbank hinter Judy. Hinter ihnen wiederum gab es zwei weitere Bänke, die noch höher gestaffelt waren. »Ein richtiger Safari-Jeep«, stellte Chris fest.

Judy startete den Motor und bejahte. »Manchmal lassen wir die Pferde stehen und nehmen den hier. Kommt immer drauf an, was wir vorhaben.«

Sie fuhr zügig los und Kaya wurde klar, warum überall Haltegriffe angebracht worden waren. Judy versuchte zwar, auf der Sandpiste um die Schlaglöcher herumzukurven, aber es schüttelte die Mitfahrer trotzdem ordentlich durch.

»Ich liebe das«, sagte Kaya und sog die Luft ein. Der warme Wind, die Büsche und Bäume, das Gras, der weite Himmel, die Abenteuer rings um sie herum, das Prickeln im Bauch und im ganzen Körper, in ihr breitete sich ein unglaubliches Hochgefühl aus.

»Ja, Afrika hat seine eigenen Schwingungen«, meinte Chris.

Kaya warf ihm einen Blick zu. Er lächelte sie an, kam aber nicht näher.

»Ja«, sagte sie gewollt spöttisch, »das glaube ich auch!«

Judy bremste scharf und die beiden rutschten auf ihrer Sitzbank nach vorn. »Look there«, sagte sie und zeigte zu einer frisch begrünten Baumgruppe. Zuerst sah Kaya nichts, dann aber die Giraffenköpfe, die von oben zu ihnen hinunterblickten.

»Ohh!«, machte sie. Sie waren so nah, dass Kaya unwillkürlich die Luft anhielt. Diese großen, dunklen Augen. Fast meinte sie, ihre langen, dichten Wimpern zu sehen. Die schmalen Ohren und die dunklen Hörner, alles sah weich und flauschig aus und die Köpfe in ihrer länglichen Form waren äußerst elegant. Und erst jetzt fiel es ihr auf: Es waren zwei lange Hälse und dazwischen ein kurzer. »Gott, wie süß«, flüsterte sie. »Ein Elternpaar mit ihrem Kind!«

Chris nickte, ganz offensichtlich ebenfalls ergriffen. Sie blieben eine Weile stehen, Judy hatte den Motor ausgeschaltet. Dann traten die drei hinter den Bäumen hervor, überquerten vor ihnen majestätisch die Sandpiste und verschwanden auf der gegenüberliegenden Seite im Busch. Der wiegende, weiche Schritt, das gefleckte Fell, die langen, aufrechten Hälse, die den stolzen erhobenen Kopf trugen, es war atemberaubend. Kaya war völlig hin und weg und dachte über diese unglaubliche Laune der Natur nach, ein solches Tier zu erschaffen.

»Schön!«, hauchte sie.

»Danke, Judy«, sagte Chris, während das Mädchen den Motor startete und ihnen im Rückspiegel einen Blick zuwarf.

»Es ist jedes Mal aufs Neue ein Wunder«, sagte sie.

»Ja, das ist es wirklich«, bestätigte Kaya. Wenn Chris endlich mal von Liebe sprechen würde, wäre das auch ein Wunder. Fast noch das größere.

Die großen Pferdekoppeln, das war das Erste, was Kaya von *Wait-a-little* sah. Koppeln und leibhaftige Pferde darauf. Kayas Herz machte einen Sprung. »Oh, schau!« Sie zeigte auf eine Fuchsstute mit vier weiß gestiefelten Beinen. »Sieht aus wie Sir Whitefoot. Nur in Groß.« Sie war irrsinnig aufgeregt. »Und der dort, der Schwarze! Das ist ja ein Bild von einem Pferd. Und schau ...« Chris begann zu lachen.

»Bist du nach Afrika geflogen, um Pferde zu sehen? Man könnte fast glauben, in Deutschland gäbe es keine ...«

Kaya musste mitlachen. Ja, da hatte er recht. Aber Pferde waren für sie eben das Allerhöchste. Jetzt erkannte sie einige flache Gebäude und Stallungen, und als Judy hielt, kamen vier imposante, weizenfarbene Hunde auf sie zugestürmt. Am dunkleren Haarkamm auf dem Rücken erkannte Kaya die Rasse.

»Rhodesian Ridgebacks«, flüsterte sie ehrfürchtig. »Die können ganz schön abgehen.«

Aber die vier hatten nur eine stürmische Begrüßung im Sinn, und die galt Judy. Sie wehrte sie lachend mit der Hand ab. »Ja, schon gut, ja, schon gut«, sagte sie ein ums andere Mal, bis die vier neugierig zu Chris und Kaya liefen, um die Neuankömmlinge zu beschnuppern. Kaya hielt den feuchten Nasen ihren Handrücken entgegen und ging mit Chris hinter Judy her, die eilig zum Haupthaus lief. Dahinter erkannte Kaya einen Swimmingpool mit Liegestühlen und überhaupt machte alles einen freundlichen und sehr sauberen Eindruck. Deutsch halt, dachte Kaya, verkniff sich den Gedanken aber sofort wieder. Sicherlich war es auch deutsch, so zu denken.

»Ich stelle euch Gerti vor, die Chefin«, sagte Judy über die Schulter nach hinten. »Philip ist gerade mit einer Gruppe unterwegs. Und danach bring ich euch zu eurem Zelt.«

Zuerst hörte sie nur »euer«. Das war doch schon mal eine Ankündigung. Sie warf Chris einen schnellen Blick zu, aber sein Gesicht zeigte keine Regung. Dann blieb ihr Gehirn an dem Wort »Zelt« hängen. Zelt? Hatte sie recht gehört? Ein Zelt? In Afrika, wo es Schlangen, Skorpione und andere unfreundliche Kriechtiere gab? Aber auch das schien an Chris vorbeizugehen. Er folgte Judy und ließ Kaya den Vortritt, als sie in das große Haupthaus eintraten. Es war eine Art Wohnzimmer mit links einer gemütlichen Bar, rechts einer Leseecke mit Bücherwand und im hinteren Teil zogen sich gemauerte Sofas mit bunten Sitzkissen an der weiß gekalkten Wand entlang. Aber der Blick ging vor allem direkt geradeaus, über die Terrasse mit einem überdimensional langen Holztisch hinweg und fing sich in einem grandiosen Ausblick. Pferde weideten vor einem breiten Fluss, der sich gemächlich durch die Landschaft zog und die saftig grünen Wiesen von dem dahinter liegenden Busch trennte. Darüber zog sich ein inzwischen wieder blau gewordener Himmel endlos weit dahin, weiß geschmückt durch flauschige Schönwetter-Wolken.

»Oh, wie schön!« Kaya war stehen geblieben. »So stelle ich mir das Paradies vor!«

»Genau deshalb bin ich hier geblieben!« Die Stimme kam von hinten, und Kaya drehte sich um. Eine Frau in weißer Bluse und Jeans kam auf sie zu, die blonden Haare zu einem Pferdeschwanz zusammengebunden. Sie streckte Kaya die Hand hin. »Ich bin Gerti!«

Sie hatte ein freundliches Gesicht und ihr warmer Blick aus blauen Augen nahm Kaya spontan für sie ein. Und außerdem war sie eine Pferdefrau, mehr brauchte Kaya eigentlich nicht.

»Ich finde es so unbeschreiblich toll, dass Sie uns eingeladen haben«, sagte Kaya und wäre ihr am liebsten spontan um den Hals gefallen.

Gerti schien das zu spüren, sie legte ihre Hand auf Kayas Oberarm und lächelte. »Philip hat mir gesagt, das müsse sein, und somit freue ich mich, euch beide hier zu sehen.« Sie zeigte zur Bar. »Ein kühles Getränk vielleicht? Bis zum Abendessen habt ihr noch gut zwei Stunden Zeit. Judy zeigt euch gleich eure Unterkunft und dann könnt ihr euch umschauen oder an den Pool legen. Oder was ihr wollt.« Chris bedankte sich und fragte nach einem Bier, während Gerti für sich und Kaya eine Cola öffnete. »Also: Was würdet ihr jetzt am liebsten tun?«, wollte sie wissen.

»Reiten«, entfuhr es Kaya spontan. Gerti musste lachen.

»Das steht morgen früh um sechs auf dem Programm. Und deiner heißt Castello, ein großer Dunkelbrauner, schönes Tier, ohne Zeichnung. Kannst ja mal schauen, ob du ihn herausfindest. Er steht oben auf der Koppel. Und hört außerdem auf seinen Namen.« Sie maß Kaya nochmals mit einem abwägenden Blick. »Er ist temperamentvoll und ein fantasievolles Schlitzohr. Voller Einfälle.«

»Das gefällt mir besonders«, sagte Kaya und sie wusste, dass sie nun über das ganze Gesicht strahlte. »Ich bin jetzt schon verliebt!«

Chris räusperte sich.

»Ja, die Pferde ...«, sagte er.

Gerti musste lachen. »Ja, du bist nicht der erste Mann, der das sagt.« Sie zwinkerte Kaya zu. »Und genau in diesem Ton.«

»Hab ich in Philip einen Leidensgefährten?«, fragte Chris.

»Zumindest einen Gefährten«, gab Gerti geschickt zurück. »Er geht morgen mit der Gruppe raus. Ihr seid zu siebt, mehr lassen wir nicht gemeinsam los.« Ein dunkles, heiseres Bellen in der Ferne lenkte sie kurz ab. »Ach ja, das sind Paviane. Die kommen auch gern in die Unterkünfte, wenn dort Essen herumliegt, und hinterlassen eine heillose Verwüstung. Also bitte, kein Essen mitnehmen und die Zelte gut verschließen.«

Also doch Zelte, dachte Kaya.

»Wenn sie sich aufrichten, sind die ganz schön groß. Und wenn sie in der Zwickmühle sind, beispielsweise in einem Zimmer oder Zelt, können sie auch gefährlich werden. Sobald ihnen auf der Flucht jemand im Weg steht, beißen sie zu. Besser ist also, sie gar nicht erst in die Enge zu treiben.«

»Verstehe«, sagte Chris.

»Und gestern hatten wir hier einen jungen Elefantenbullen, der nachts durch die Vorgärten getrampelt ist. Wir hoffen, es ist ein einmaliger Fall, denn Wildtiere, die sich bevorzugt bei menschlichen Behausungen aufhalten, können zum Problem werden. Und wir wollen die Tiere ja schützen und nicht töten müssen.«

»Verstehe.« Chris stimmte erneut zu. »Und die Löwen?«

»Zwischendurch sehen wir Spuren, die sehr nah kommen. Aber die Pferde sind nachts in den Stallungen, also finden sie hier nichts und gehen wieder.«

»Aha, also nachts besser nicht spazieren gehen?«, wollte Chris wissen.

»Den Sternenhimmel könnt ihr auch von eurer Terrasse aus sehen. Und zwar in voller Schönheit.«

Wie sich das anhört, dachte Kaya, Romantik pur. Sternenhimmel von eurer Terrasse aus … Hoffentlich griff das auch auf Chris über. Und dann Castello, ein schöner Dunkelbrauner. Und mit den Pferden durch den Busch. Es war ein Traum. Ein Zelt mit einer Terrasse konnte sie sich zwar noch nicht so richtig vorstellen, aber das war auch egal. Sie war schon jetzt hin und weg, Schlangen, Skorpione, Paviane,

Elefantenbullen, zertrampelte Vorgärten, nichts konnte ihre pure Freude mehr beeinflussen. Sie war hier, mitten in Afrika. Es war unglaublich!

»Ja, gut, dann gehen wir mal …«

»Deiner heißt übrigens Steiner. Der steht ebenfalls oben auf der Koppel. Ein feinfühliger Wallach, dunkle Mähne, braunes, eher dunkles Fell und er hat einen sehr hübschen, sensiblen Kopf. Geht sehr gut Dressur und springt auch gern.«

»Wo bekommt ihr denn diese guten Pferde her?«

»Oh«, Gerti lächelte, »das sind afrikanische Pferde, die wir hier auch ausbilden. Ich habe früher auf den Turnieren S-Dessuren geritten, die Ausbildung fällt mir also nicht schwer, und springen tun sowieso die meisten gern. Schwieriger ist, ihnen die Gelassenheit beizubringen, wenn eine Horde Elefanten auf sie zukommt oder einige Löwen sie beäugen – schließlich sind sie ja auch Beutetiere. Und Fluchttiere, wie wir wissen.«

»Das stelle ich mir wirklich schwierig vor. Mein Pferd bekommt schon eine Herzattacke, wenn morgens ein Reh den Weg kreuzt. Und das beißt noch nicht mal!«

Gerti lächelte Chris zu. »Ja, genau das ist unser Geheimnis. Unsere Pferde haben Vertrauen. Und das kann man ihnen nicht mit Gewalt beibringen, das müssen sie selbst erfahren. Und das braucht ungefähr ein Jahr.«

»Gewaltig!«, sagte Chris. »Ich ziehe den Hut!«

»Bezieht euer Zelt. Und wir sehen uns zum Abendessen.«

Das »Zelt« war anders, als Kaya es sich vorgestellt hatte. Sie hatte an eines der typischen Campingzelte gedacht, entweder klein und rund oder eine Art Hauszelt mit Vordach. Diese Zelte hier waren aber geräumige Militärzelte, olivgrün, und sahen eher wie ein Haus aus. Dazu standen sie auf Stelzen und hatten eine große Terrasse mit Tisch, Stühlen und zwei bequemen Liegen.

»Ist ja irre«, sagte Kaya und blieb am Terrassengeländer stehen. »Und das hier«, sie wies auf die zertrampelte Vegetation zu ihren Füßen, »dürfte wohl der junge Elefant gewesen sein.«

Chris nickte. »Muss ein komisches Gefühl sein, wenn beim Morgenkaffee plötzlich ein Elefant über die Brüstung schaut.«

»Wie im Zoo halt«, sagte Kaya. »Nur andersherum. Hier betrachtet der Elefant uns – und nicht umgekehrt.«

»Hast du Angst?«, wollte Chris wissen.

»Nein. Vor großen Tieren nicht. Nur vor kleinen. Ich weiß auch nicht warum, aber um Käfer und Spinnen mache ich einen Bogen. Und bei Schlangen krieg ich wahrscheinlich eine Panikattacke.«

»Die gibt es hier bestimmt nicht«, sagte Chris und ging auf das Zelt zu. »Auf Daktari habe ich jedenfalls noch keine gesehen.«

Kaya nickte. Sie auch nicht.

Chris bückte sich, um den schwergliedrigen Reißverschluss des Eingangs aufzuziehen. Er klappte die Zeltplane um, öffnete das Moskitonetz, das dahinter zum Vorschein kam, und drehte sich zu Kaya um.

»Sehr geräumig! Erstaunlich!«

Wahrscheinlich zwei schmale Betten rechts und links in der Ecke, dachte Kaya und wartete ab, bis er auf die Seite ging. Nein, im Gegenteil, stellte sie beim Eintreten fest, vor ihnen prunkte ein riesiges weißes Bett unter einem aufgeschlagenen Moskitonetz.

»Ja, wirklich groß«, bestätigte Kaya und fragte sich, was jetzt wohl passieren könnte.

Chris stellte seine Reisetasche ab. »Und nun schauen wir mal nach den Pferden«, sagte er und wandte sich ihr zu. »Das wolltest du doch, oder?«

»Ja.« Kaya versuchte ihr plötzlich einsetzendes Bauchgrimmen zu missachten. Warum musste ihr auch immer gleich alles auf den Magen schlagen? Er will doch nur nach den Pferden sehen, dachte sie. Das war mit Gerti so ausgemacht. »Castello und Steiner«, sagte sie in fröhlichem Ton. »Ich bin gespannt!« Sie ließ ihre Reisetasche neben den Eingang plumpsen und drehte sich zum Gehen um.

Eigentlich hätte sie sich jetzt doch viel lieber mit ihm auf die beiden Regiestühle am Tisch gesetzt und die Umgebung betrachtet, und wäre erst später zu den Pferden gegangen. Alles strahlte eine so wunderbare Ruhe aus. Die wenigen grünen Büsche auf dieser Seite des Flusses und der dichte Busch mit seinen Sträuchern, Bäumen und Pflanzen, die das Licht suchten und überall nach oben drängten, auf der anderen. Sie hätte es genießen können, einfach dazusitzen und alles auf sich wirken zu lassen. Aber Chris war bereits auf den Stiegen der Holztreppe, die nach unten führten, und sie ging ihm nach. Egal, dachte sie, sie hatte sich auf die Pferde gefreut, also war das auch recht. Nimm es, wie es kommt, dachte sie und beschloss, sich einfach auf den Ritt zu freuen. Und das war ja auch ein großer Grund zur Freude.

Sie gingen nebeneinander auf dem schmalen Weg zurück in Richtung Hauptgebäude. Chris erzählte von seinen Tagen bei Daktari und von der Freude, wenn man die Fortschritte der Kinder sah. Kaya hörte zu, aber sie spürte, dass er nur zur Überbrückung sprach. Vielleicht wollte er etwas ganz anderes sagen und fand nur keinen Zugang? Vielleicht wollte er ihr sagen, dass alles ein großer Irrtum war und sie nicht hätte kommen sollen? Vielleicht wollte er ihr erzählen, wie sehr er sich in Jeanette verliebt hatte, gleich auf den ersten Blick? Sie ging neben ihm her und fragte sich, ob sie den Anfang machen sollte, dabei ertappte sie sich aber, dass sie Angst hatte. Sie wollte es nicht hören. Vielleicht würde er etwas sagen, das er nicht mehr rückgängig machen könnte? Und was gesagt war, war gesagt. Das konnte man nicht mehr zurücknehmen. So ging sie also neben ihm her, von dem schmalen Pfad auf den großen Sandweg und von dort zu den Koppeln. Die Pferde standen im milden Sonnenlicht draußen, grasten, rieben sich aneinander, sie standen zu zweit, manche in Grüppchen, andere auch alleine. Ein friedliches Bild.

»So«, sagte Kaya, froh, dass sie aus der bedrückenden

Situation heraus war, »jetzt bin ich mal gespannt. Gerti hat doch gesagt, Castello kenne seinen Namen.«

Sie schlüpften unter den Balken des Koppelgeländers hindurch und sahen sich um. »Ein großer Dunkelbrauner ohne Zeichnung … dort hinten vielleicht? Schwer zu erkennen, das Gelände ist recht groß.«

»Ruf doch mal …«

»Castello, hi, Castellooo«, rief sie lockend.

Chris musste lachen, denn ein Schimmel drehte den Kopf und kam gemächlich auf sie zu. »Vielleicht ist Gerti ja farbenblind?«

Kaya lachte mit. »Und deiner? Steiner? Dunkle Mähne, braunes, eher dunkles Fell, hat Gerti gesagt, und einen sensiblen, hübschen Kopf.«

»Tja.« Chris ging auf eine Gruppe von Pferden zu. »Die sehen hier alle gut aus. Alle gut im Schuss, das muss man wirklich sagen!«

Aus der Gruppe trat eines der Pferde zurück und sah ihnen entgegen. Kaya hatte so eine Ahnung und versuchte es noch einmal. »Castelllooo«, lockte sie. »Come on, beauty, Castelloooo.«

Und tatsächlich, er lief dem Schimmel hinterher und kam völlig entspannt näher. »Keine Fellzeichnung«, sagte Kaya, »groß und dunkelbraun, das könnte er doch sein.«

Der Schimmel war vor ihnen stehen geblieben und der Dunkelbraune schloss auf. Der Schimmel legte kurz die Ohren an und drehte den Kopf nach ihm, aber der Dunkelbraune ließ sich nicht beeindrucken, er kam auch die restlichen Schritte auf Kaya zu und nun standen sie beide vor ihnen. Kaya strich ihnen über den Nasenrücken und Chris tätschelte den Hals des Braunen. »Das ist er sicherlich«, meinte er dann. »Ein wirklich schönes Pferd!«

Ja, das fand Kaya auch. Sie freute sich schon jetzt unbändig und während Chris zu einer weiteren Gruppe von Pferden ging, erzählte sie den beiden alles Mögliche, vor allem aber, weshalb sie keine Leckerli dabei hatte. »Wisst ihr, in Deutschland sind die Pferde beleidigt, wenn man ihnen nichts mitbringt. Ist das bei euch auch so?« Die beiden Pferde schubsten sie mit ihren weichen Nüstern, rieben ihren Kopf an ihr, aber schließlich wurde es ihnen langweilig und sie drehten wieder ab. Kaya sah sich nach Chris um. Er stand am Rande der Koppel in höherem, braunem Gras und bewegte sich nicht. Hatte er etwas Interessantes entdeckt? Kaya winkte ihm zu, aber er antwortete nicht. Irgendwas an seiner stocksteifen Haltung irritierte sie. Was hatte er denn? Sie sah sich nach den Pferden um, die waren überall verstreut, einige ganz oben am anderen Ende der Weide. Hatte er Steiner nun gefunden, oder nicht? Sie konnte sich keinen Reim darauf machen und lief zu ihm hin. Seine Augen warnten sie, sonst nichts. Was war denn?, fragte sie sich und blieb gut fünf Meter von ihm entfernt stehen. Er starrte sie mit groß aufgerissenen Augen an, dann sah er auf den Boden. Kaya folgte seinem Blick und zuckte zusammen. Vor ihm war ein erhobener Schlangenkopf, der sich hin- und herwiegte. Verdammt! Kayas erster Impuls war, davonzulaufen. Sie hatte tierische Angst vor Schlangen. Unwillkürlich sah sie neben sich, aber sie stand noch auf kurzem Gras, hier war nichts. Sie nickte, zum Zeichen, dass sie seine Situation verstanden hatte. Aber was konnte sie tun? Vor allem, wenn es eine Giftschlange war? Sie brauchte etwas. Sie musste diese Schlange von Chris ablenken. In ihrem Gehirn hämmerte es. Es gab Giftschlangen, da war ein einziger Biss tödlich. Auch für einen Menschen. Sie schluckte die aufkommende Übelkeit hinunter, ihr musste etwas einfallen. Sie ließ ihren Blick schweifen. Dort, unter dem Holzgeländer, lag ein Ast. Würde das reichen? Oder sollte sie einen Schuh nach dem Reptil werfen? Was aber, wenn die Schlange dann nach vorn zustieß? Kaya ging Schritt für Schritt langsam rückwärts. Anschließend näherte sie sich dem Ast. War es wirklich ein Ast? Er lag ebenfalls im hohen Gras und sie durchforstete jeden Halm, bevor sie sich danach bückte. Wie lange blieb eine Schlange in der Drohgebärde, bevor sie ihren Widersacher angriff? Sie hatte keine Ahnung. Der Ast war eingewachsen und es war schwierig, ihn von den sperrigen Grashalmen zu lösen, aber sie bekam ihn frei und schlich leise zurück. Die Situation war noch dieselbe. Chris sah aus, als hätte er in der Zwischenzeit auch das Atmen eingestellt, so bleich und unbeweglich stand er da. Die Schlange weiterhin wiegend vor ihm. Sein Bein würde sie auf alle Fälle erwischen – und sie hatten beide keine hohen Stiefel an. Nur ihre niedrigen Mokassins. Kaya griff den Ast am äußersten Ende. Hoffentlich war er lang genug. Und wo war überhaupt das Ende dieser Schlange? Sie hatte die Farbe des braunen Untergrunds und der Rest von ihr verschwand im Gras. Egal, sie musste es wagen. Kaya machte sich lang, den Ast in der Hand. Da hielt die Schlange plötzlich inne. Hatte sie die Bewegung hinter sich wahrgenommen? Kaya stockte der Atem. Nun stand auch sie völlig reglos da. Der Schlangenhals sah von hinten flach und breit aus, darauf ein kleiner Kopf. Kaya kannte so etwas nur aus Filmen, aus Szenen mit Schlangenbeschwörern und hohen Bastkörben. Sie suchte Chris' Blick, er bohrte seine Augen in ihre. Was wollte er ihr sagen? Kaya senkte langsam den Ast. Er reichte nicht bis zu dem aufgerichteten Schlangenhals, aber Kaya berührte damit einige Zentimeter hinter ihm den Boden. Auf die Reaktion war sie nicht gefasst. Blitzschnell schoss der kleine Kopf herum und die Schlange hatte den Ast zwischen ihren klaffenden Kiefern. Chris hechtete weg und auch Kaya rannte, was das Zeug hielt. Dann blieb sie stehen und sah sich um. Sie wurde nicht verfolgt, das war schon mal gut. Und Chris stand auf der anderen Seite der Koppel auf dem breiten Sandweg, das war noch besser. Er stand breitbeinig und mit hängenden Armen da, sodass seine Hände fast den Boden berührte. Anscheinend war er völlig fertig. Dann richtete er sich auf, stemmte beide Hände in seine Hüfte und sah sich nach ihr um. Kaya bewegte sich nicht. Sie konnte sich nicht bewegen. Alles an ihr war wie erstarrt, sie spürte nur, wie ihre Zähne klapperten. Die Panik, dachte sie. Ich habe doch gewusst, dass ich Panik kriege.

Chris suchte sich eine Zaunstelle mit niedrigem Gras und kam zu ihr in die Koppel zurück.

Kaya stand noch da, als er sie in die Arme nahm.

»Ich glaube«, sagte er mit belegter Stimme und lehnte seinen Kopf an ihren, »du hast mir gerade das Leben gerettet.«

8. Kapitel

Kaya konnte nichts sagen, inzwischen zitterte sie am ganzen Körper. Chris nahm sie in seine Arme. »Das hast du für mich getan«, sagte er. »Du hast dich mit einer Kapkobra angelegt!«

Kaya schüttelte nur langsam den Kopf.

»Doch«, sagte er, »ich glaube schon, dass es eine war. Sie ist eine der gefährlichsten Giftschlangen in Südafrika, nach einem Biss besteht absolute Lebensgefahr.«

»Das war bestimmt keine echte …« Kaya musste sich räuspern.

»Du bist unglaublich!« Er drückte sie fest an sich.

»Aber ich bin nicht so hübsch wie Jeanette«, kam es aus ihr heraus.

Er verharrte kurz.

»Was ist mit Jeanette?«, fragte er nach.

»Du und sie …« Kaya zögerte. »Du bist doch verliebt in sie …«

»Wer sagt denn so was?«

Er lockerte kurz seine Umarmung, um in ihre Augen sehen zu können.

»Ich dachte … du warst … du bist so seltsam, so anders.«

Chris küsste sie auf die Stirn. »Da rettest du mein Leben und denkst an Jeanette. Ist das nicht grotesk?«

»Nein«, sagte Kaya, die spürte, wie ihre Kräfte zurückkamen, »finde ich nicht.«

»Ich hab den Eindruck, wir müssen uns mal gründlich aussprechen – oh, schau, da kommt Gerti.« Er wies über Kayas Schulter und Kaya drehte sich um. Gemeinsam gingen sie ihr über die Koppel entgegen.

»Na«, rief sie von Weitem, »habt ihr eure Kandidaten gefunden?«

»Ich schon«, gab Kaya zurück. »Er ist traumschön.«

Gerti lachte und blieb vor ihnen stehen. »Und du?«, wollte sie von Chris wissen.

»Mein Kandidat war etwas über einen Meter lang, hatte einen kleinen Kopf und richtete sich vor mir auf, als ich durch das Gatter hinausschlüpfen wollte.«

»Oh!« Gerti betrachtete ihn aufmerksam. »Sie hat sich aufgerichtet? Aber keine Kapkobra?«

»Ich denke schon!«

Chris erzählte kurz, was geschehen war. Dass sich einige Pferde, die auf Gertis Beschreibung von Steiner gepasst hätten, in die hinterste Koppelecke verkrümelt hätten und er nicht hinterherlaufen wollte. Deshalb hatte er den Weg durch das hohe Gras genommen, um abzukürzen. Und da stand sie plötzlich vor ihm.

»Tja, die sind tag- und dämmerungsaktiv und suchen in der Nähe der Stallungen nach Ratten und Mäusen. Normalerweise hauen alle Schlangen ab, wenn man mit festem Schritt kommt. Und hohes Schuhwerk hilft natürlich auch.« Sie sah an ihm hinunter, sagte aber nichts. Stattdessen klopfte sie Kaya auf die Schulter.

»Dann haben wir jetzt eine Lebensretterin in unseren Reihen. Ganz schön tapfer, kann ich da nur sagen. Das hätte nicht jede für ihren Freund getan. So, und jetzt schau ich mal nach unserer Loreley, die will nämlich bald ein Fohlen bekommen ...«

Damit ging sie weiter und Chris und Kaya sahen ihr nach.

»Sie hat recht«, sagte Chris langsam. »Das hätte nicht jede für ihren Freund getan, schon gar nicht, wenn sie denkt, dass er eine andere liebt.«

Kaya antwortete nicht.

»Ich bin ein Idiot!«, sagte Chris.

Kaya sah ihn erstaunt an. Seine blauen Augen ruhten auf ihr und sein Mund war geschlossen. Weder lächelte er spöttisch noch grinste er herausfordernd. Seine geschwungenen Lippen lagen einfach weich aufeinander. Er verzog keine Miene.

»Hast du das jetzt ernst gemeint?«, fragte sie vorsichtig.

»Und ob. Du bist so wertvoll. Möglicherweise befürchte ich, dass du zu wertvoll für mich bist.«

»Ich bin doch nicht zu wertvoll für dich.« Kaya runzelte die Stirn. »Wie kommst du denn jetzt darauf?«

»Weil du recht hast. Ich hätte von der ersten Sekunde an zu dir stehen müssen.« Er griff sich in sein länger gewordenes, dunkelblondes Haar und schüttelte den Kopf. »Ich habe es nicht getan. Irgendwas zieht mich zu dir hin und gleichzeitig habe ich Angst davor.«

»Du hast Angst? Vor was?«

»Keine Ahnung. Ich kann es mir selbst nicht erklären. Dass ich versage? Dir nicht genüge? Alles falsch mache? Alles verderbe?«

»Aber Chris ...«

»Und, ja, du hast recht, da kommt so eine hübsche Australierin daher und schon denkst du, ich hätte was mit ihr.«

»Könnte doch sein ...«

»Ja, könnte sein.« Seine Arme schlossen sich wieder um sie. »Ist aber nicht. Was ich will, bist du. Du bist anders. Du bist ein völlig anderes Mädchen als die anderen.«

»Du willst mich?« Kaya bog sich zurück, um ihm in die Augen sehen zu können. »Muss ich dir erst das Leben retten, damit du mich willst?«

»Falsch ausgedrückt. Damit ich weiß, dass ich dich will. Nur dich.«

Kaya schüttelte den Kopf.

»Nein, Chris, wenn du mich wirklich willst, dann musst du das doch schon länger fühlen.«

»Hab ich dich nicht über die Schwelle getragen?«

Kaya vergaß die Kobra und alle anderen Schlangen, die möglicherweise um sie herum waren. »Aber wieso ...«, begann sie und brach ab.

»Wieso was?«

»Wieso … Danach hatte ich das Gefühl, du wolltest alleine sein. Mit mir gar nichts mehr zu tun haben …«

»Wie kommst du darauf?«

»Ja, dieses Zimmer. Ein schmales Bett. Und dann hast du dich doch abgewendet, bist gegangen und hast mich die letzten Tage wie eine nette Kameradin behandelt – aber doch nicht so, als ob dir mehr an mir läge. Und ich habe natürlich auf Jeanette getippt.«

Sie war ganz benommen von dem Gedanken, dass sie vier Tage aneinander vorbeigedacht hatten. War es wirklich so? Oder hatte er nur eine plötzliche Anwandlung?

»Ich kann dich ja schließlich nicht vor vollendete Tatsachen stellen. Da hast du ja auch ein Wort mitzureden.«

Das plötzliche Geräusch galoppierender Hufe ließ sie aufblicken. Die Pferde liefen zum Koppelzaun und jetzt war auch klar, warum. Philip und seine Reiter kamen den Sandweg hinuntergeritten und die Pferde liefen auf der anderen Seite des Zaunes mit.

Chris wandte sich wieder Kaya zu.

»Auf mich hast du bei dieser Aktion so gewirkt, als hättest du das so erwartet. Zwei Einzelzimmer für uns. Okay, habe ich gedacht, dann ist es eben so.«

Kaya schüttelte nur den Kopf. Und bevor sie antworten konnte, spürte sie Chris' Lippen auf ihren. Kaya genoss diesen Kuss. Er war wunderschön für sie, leidenschaftlich und zärtlich zugleich, und alles fiel von ihr ab, was sie die letzte Zeit belastet hatte. Kaya lächelte noch, als sie zu zweit nebeneinander zum Zelt gingen. Er hatte den Arm um ihre Schulter gelegt und murmelte wiederholt: »Meine Lebensretterin, ich glaub's nicht! Eine Kobra! Nicht zu fassen!«

Und sie dachte, wahrscheinlich war das die Schlange aus der Bibel gewesen. Adam und Eva, und die Kobra hatte den Vorhang ins Paradies geöffnet. Na ja, so ähnlich wie in der Bibel …

»Ein zweiter Versuch?«

Kaya musste lachen, aber bevor sie reagieren konnte, hatte Chris sie schon auf seinen Armen und trug sie hinein. Er umrundete das Bett, legte sie sachte auf der einen Seite ab und warf sich schwungvoll auf sie drauf.

»Uff!«, prustete Kaya und fühlte sich wie ein Luftballon, dem schlagartig die Luft entweicht. »Ist ja Wahnsinn!«

»Ja, finde ich auch«, sagte er und suchte ihren Mund.

»Du bist schwer!«, ächzte sie.

»Findest du?«

Mehr konnte sie nicht sagen, denn seine Lippen lagen auf ihren und sie erwiderte den Kuss. Seine Hände hatten ihre Handgelenke gepackt und sie küssten sich, bis er sich plötzlich drehte und sie auf ihm lag.

»Besser?«, fragte er.

Kaya holte erst einmal Luft. »Viel besser«, sagte sie, aber weiter kam sie nicht, denn er küsste sie schon wieder und diesmal so stürmisch, dass ihr wirklich die Luft wegblieb.

Dann nahm er ihr Gesicht in beide Hände und drückte ihren Oberkörper etwas weg von sich, nach oben. Ihre langen Haare fielen nach vorn und bedeckten sein Gesicht, er lachte und pustete sie weg, dann ruhten seine Augen auf ihrem Gesicht. »Du bist sehr hübsch, Kaya Birk«, sagte er schließlich ganz langsam und nachdenklich. »Bist du das erst geworden?«

Sie zuckte mit den Achseln, was sollte sie darauf antworten?

»Oder war ich blind?«

Das schon eher, dachte sie.

»Oder hast du dich in den vergangenen drei Jahren so verändert?«

Ich bin immer noch zu dünn, dachte Kaya, meine Augen sind immer noch zu tief liegend, meine Nase ist immer noch eine Spur zu groß und ich bin immer noch keine sexy Alexa.

»Du doch auch«, sagte sie. »Aus dem pickeligen, schlaksigen Jungen ist … fast«, sie ließ das Wort extra lang auf ihrer Zunge rollen, »… ein richtiger Mann geworden.«

»Ha!« Er schüttelte den Kopf unter ihr. »Pickelig war ich nie!«

»Und ob!«

»Na, warte!« Er drehte sich mit einem Ruck herum und sie lag wieder unten. »Und das Wörtchen *fast* habe ich auch überhört!«

»Wieso?«, konterte Kaya. »Bist du schon so was wie ein richtiger Mann?«

»Willst du den Beweis?« Er biss ihr leicht in den Hals.

»Ich dachte, nur Paviane beißen …«

»Paviane haben noch eine ganz andere Leidenschaft ...«

Chris richtete sich auf, sodass er auf ihrem Becken saß. Er zog sich sein T-Shirt über den Kopf und Kaya sah von unten seine schöne, braune Haut, die strammen Brustmuskeln und einige Brusthaare, die goldbraun schimmerten. Er hat einen wirklich schönen Körper, fand sie und dachte an ihren kleinen Busen. Der war immer noch zu klein. Jetzt müsste er mal langsam wachsen, um mit Alexas Busen mithalten zu können.

Sie legte beide Hände auf seinen Oberkörper, eine Gänsehaut lief über seine Brust und Chris sah zu ihr hinunter. »Mach nur weiter so und das Abendessen wird ausfallen.«

»Abendessen?« Kaya fuhr mit dem Zeigefinger zwischen seinen Brustmuskeln hindurch langsam in Richtung Bauchnabel. Ein schmaler, goldbrauner Haarwirbel hielt sie auf. Wie bei den Ridgebacks, dachte sie, die Haare wachsen in zwei Richtungen.

Jetzt kommt die Stunde der Wahrheit, dachte Kaya, als er ihr nun ebenfalls das T-Shirt über den Kopf zog. Sie hatte beim schnellen Packen ihrer Sporttasche ihren Sport-BH gegen einen Spitzen-BH getauscht, den sie von ihrer Schwester zu Weihnachten geschenkt bekommen hatte. Mit einem Augenzwinkern, das klarmachte, was sich Alexa dabei dachte. Mit passendem Höschen.

Chris betrachtete ihren Busen in dem BH, der eine Farbe zwischen Champagner und Rosa hatte, eine ganz edle Farbe, wie Kaya fand, und zudem auch sehr teuer aussah.

»Sehr schön!« Chris bückte sich, rutschte etwas zurück und küsste den Brustansatz entlang, über die Spitzen des BHs bis zu ihrem Bauchnabel. Es war alles wie selbstverständlich. Sie zogen sich aus, und ihr Körper suchte seinen, drängte sich an ihn. Sie streichelten sich, genossen die warme Haut des anderen, vergruben sich ineinander und Kaya spürte neben dem ungewohnten Gefühl vor allem eine große Erleichterung. Er war es und es war schön. Sie waren zusammen, enger ging es nicht. Sie spürte ihn, und ihr Körper ließ sich von seiner Leidenschaft und seiner Bewegung mitreißen.

Als sie geduscht und frisch angezogen zum Abendessen gingen, dachte Kaya, dass es nun jeder sehen müsse: Es war etwas Ungeheures geschehen. Sie war mit Chris zusammengewachsen, da gab es keinen Zweifel, keine Entfernung mehr. Sie hätte singen mögen, so fühlte sie sich, und sie beschloss, das Gefühl, das sie bei jedem Schritt im Schoß spürte, als süßes Geheimnis zu bewahren. Chris hatte wie selbstverständlich den Arm um sie gelegt, als sie in das große Haupthaus traten. »Schön war's«, flüsterte er und seine Nase bohrte sich durch ihr dichtes Haar bis zu ihrem Ohr. Dort versuchte er, im Gehen in ihr Ohrläppchen zu beißen.

»Psst! Chris, lass das! Wir sind da …«

Chris lachte und drückte sie.

»Es gibt doch nichts Schöneres als junge Liebe!«

Kaya drehte sich um, Philip stand hinter der Bar und lächelte ihnen zu.

»Ich hoffe, sie wird noch etwas älter«, antwortete Chris und änderte die Richtung, um zu Philip zu gehen. Sie begrüßten sich per Handschlag.

Philip zog die Brauen hoch.

»Kleiner Aperitif gefällig? Ihr seht etwas erhitzt aus …«

Chris lachte und Kaya überlegte, ob sie rot geworden war, aber es war ihr so heiß, dass sie keinen Unterschied mehr merkte. Chris bestellte für beide etwas zu trinken.

»Heute habt ihr schon eine Schlange kennengelernt, wie ich von Gerti gehört habe«, sagte er, während sie sich zuprosteten. »Aber morgen könntet ihr, wenn wir Glück haben, etwas Größeres zu Gesicht bekommen. Eine recht große Elefantenfamilie zieht durch unser Gebiet und außerdem haben meine Wildhüter Löwen gesehen. Einen alten Gesellen mit seiner schätzungsweise dreijährigen Gefährtin. Die dürfte interessant werden, weil sie wahrscheinlich noch nie Reiter gesehen hat.«

»Was heißt das?«, fragte Kaya zwischen Freude und Erschrecken.

»Das wird was für die Nerven. Für die Nerven der Löwen, für die Nerven der Pferde und, natürlich, für die Nerven der Reiter.«

»Unsere Nerven haben heute den Eignungstest schon bestanden«, sagte Chris und grinste breit.

»Ja, eine Kobra kann einem ganz schön auf den Nerv gehen«, entgegnete Philip und klopfte Kaya leicht auf die Schultern. »Da warst du wirklich tapfer!«

Kaya zuckte leicht die Achseln. »Bei der Kobra hat ein Ast genügt. Aber bei großen Wildtieren? Ist das Gewehr, das an Ihrem Sattel hängt, gegen einen Angriff gedacht?«

Philip sah sie ernst an. »Das käme jedenfalls zu spät. Der scharfe Knall unserer Nilpferdpeitschen ist besser und am besten ist unsere Erfahrung. Wir wissen, wie wir uns mit unseren Pferden verhalten müssen. Wir wissen, wie Elefanten reagieren, wie Nashörner ticken und Löwen agieren. Das ist unsere große Versicherung und das garantiert die Sicherheit unserer Pferde. Und damit auch die der Reiter.«

»Wenn sie nicht gerade runterfallen«, ergänzte Chris.

Philip musste lachen. »Ganz recht. Wer runterfällt, wird aufgegeben ...«

Obwohl Kaya das als Scherz auffasste, spürte sie trotzdem, dass sie zunehmend aufgeregter wurde.

»Was für ein Tag«, sagte sie voller Inbrunst.

»Ja, was für ein Tag«, bestätigte Chris und drückte sie.

»Was werdet ihr erst morgen sagen?« Philip hob sein Glas. »Und jetzt: Los zum Abendessen, auf der Terrasse sind die Reiter des jetzigen Kurses und gleich kommt das Essen!«

Sie aßen an dem langen, ursprünglichen Holztisch unter freiem Himmel und es war ein unglaubliches Gefühl. Die blinkenden Sterne über ihnen, die Dunkelheit, die sie außerhalb des Lichtkreises der Laternen umgab, die fremden Geräusche, die von der anderen Seite des Flusses herüberdrangen, das war einfach eine andere Welt. Kaya fühlte sich mit allen Sinnen wohl. Sie war angekommen, das spürte sie genau. Irgendwo, tief drinnen in ihrer Seele, hatte sie so etwas gesucht, so etwas erhofft. Diese fremde Welt, die einen so für sich einnahm. Die freundlichen Menschen, das aufregende Gefühl, von Gefahr umgeben zu sein, ohne es genau benennen zu können. Und Chris. Chris an ihrer Seite, das war das, was sie sich all die letzten Jahre gewünscht hatte. Aber sie hatte nie geglaubt, dass es wirklich in Erfüllung gehen könnte. Und jetzt war es passiert. Sie war die Königin der Nacht, sie spürte es genau.

Die anderen Reiter waren gut drauf, erzählten von ihren Erlebnissen, die sich abenteuerlich anhörten. Kaya nickte zwar, schweifte mit ihren Gedanken aber immer wieder ab. Sie wollte das morgen alles selbst erleben. Der Gedanke an die dreijährige Löwin ließ sie nicht los. Wie musste sich das für so ein junges Tier anfühlen, wenn plötzlich sieben Pferde vor ihr auftauchten? Sah sie das als Gefahr? Oder als mögliche Beute? Und wenn ja, was würde sie anstellen, um das herauszufinden?

Als Gerti Musik auflegte und die anderen zu tanzen anfingen, nickten sich Kaya und Chris zu. Das war nicht ihre Musik, dazu waren sie zu jung. Aber das war nicht der Grund. Sie wollten sich noch auf ihre eigene Terrasse setzen und den Geräuschen der Nacht lauschen. Das hatten sie sich zugeflüstert und Kaya erfreute sich das ganze Abendessen hindurch an diesem Gedanken. Und schließlich würde ja auch der Wecker morgens um vier klingeln, hatte Gerti gemahnt.

»Um vier kommt eine unserer Damen und bringt euch

euren Guten-Morgen-Tee. Und danach kommt ihr zum Frühstück, denn um sechs Uhr reiten wir los. Ihr bekommt auch noch eine Sicherheitseinweisung, damit ihr wisst, was im Fall einer Gefahr zu tun ist.«

»Holen wir die Pferde, putzen und satteln sie selbst?«, wollte Kaya wissen.

»Nein, das machen wir«, erklärte Gerti. »Wir sind darin erfahren und die Pferde kennen uns. Das geht auf diese Art leichter und ruhiger vonstatten.«

Zwanzig Minuten später machten sich Chris und Kaya auf den Heimweg zu ihrem Zelt, eine Taschenlampe in der Hand. Der schmale Weg war sandig und seitlich durch runde Flusssteine begrenzt. Plötzlich bemerkte Kaya schwarze Hölzchen auf dem Weg.

»Hölzchen?« Chris schüttelte den Kopf. »Pass auf, dass du nicht drauftrittst. Das sind Tausendfüßler. Die Einheimischen nennen sie *Schongololo*. Die gibt es hier überall. Ist dir das noch nicht aufgefallen?«

»Tausendfüßler?« Kaya nahm ihm die Taschenlampe aus der Hand und hockte sich hin. »So riesig?«

Es waren wirklich große Gesellen, länger als ihr Mittelfinger, die sich jetzt unter dem Lichtstrahl zusammenrollten.

»Sind sie behaart?«

Kaya sah zu Chris auf. »Nee, ganz nackt. Die sehen ja witzig aus.«

»Ich bin auch kaum behaart«, sagte Chris und beugte sich zu ihr hinunter. »Sehe ich auch witzig aus?«

Kaya musste lachen. Er war nun wirklich kaum behaart, trotzdem konnte man ihn nicht mit einem Tausendfüßler vergleichen.

»Aber was du vielleicht nicht weißt, diese Tierchen tragen einen Chitinpanzer und bekommen ihren Feinden schlecht, sollten diese sie denn essen wollen …«

Kaya stand auf.

»Ich will sie nicht essen.«

»Siehst du, dann konzentrier dich lieber auf mich!«

Die Nacht war sternenklar und Kaya hätte am liebsten draußen geschlafen, aber Chris hielt das für keine gute Idee. Sie saßen eine Weile Händchen haltend auf der Terrasse und Chris erklärte ihr die Sternbilder. Sie fand es fantastisch, was er alles wusste. Dann gab er zu, dass es einer der Daktari-Angestellten gewesen war, der ihm den afrikanischen Sternenhimmel erklärt hatte.

»Das macht keinen Unterschied«, sagte Kaya und schmiegte sich an ihn. Sie dachte zurück an den Schrecken, als er ihr seine Afrika-Pläne verraten hatte. Wie sie am Schreibtisch saß und wie die Welt für sie unterging. Ein Schlag, wie ein Schlag in den Magen, völlig unvorbereitet und ungeschützt. Und nun war sie hier bei ihm. Von ihr aus hätte er ihr auch jede Menge Fantasiesterne erklären können, sie hätte sowieso nur nach dem einen Stern geschaut, der Venus. Dem Stern der Liebe.

Ein Brüllen ließ sie zusammenschrecken. Ein kehliger, rauer, abgehackter Laut.

Kaya setzte sich gerade hin und versuchte in der Dunkelheit um sie herum etwas zu erkennen. Aber direkt hinter dem Terrassengeländer versank alles in der Finsternis.

Auch Chris' Körper hatte sich gestrafft.

»Es ist spät«, sagte er, »und morgen müssen wir früh raus, ich glaube, wir gehen jetzt besser rein.« Er küsste Kaya auf die Stirn und stand auf. »Komm, sonst halten uns Castello und Steiner für Anfänger.«

»Ja …« Kaya schüttelte leicht den Kopf im Staunen über sich selbst. »Wir haben es heute nicht mal mehr auf die Koppel geschafft!«

»Gab's da vielleicht was Wichtigeres?« Chris grinste. Kaya konnte es zwar nicht sehen, aber sie hörte es an seiner Tonlage.

Wieder das seltsame Brüllen, diesmal etwas näher.

»Hört sich auch wichtig an«, erklärte Kaya. »Und für was hältst du das?«

»Da würde ich auf einen Löwen tippen, der dem Camp einen Gastbesuch abstattet.«

So schnell war Kaya in ihrem Leben noch nie aufgestanden.

9. Kapitel

Als es frühmorgens an der Zelttür klopfte und eine weiche Stimme »Your tea, please« mehr sang als rief, schlug Kaya todmüde die Augen auf. Danach aber war sie im Nu wach und ihr Puls schnellte hoch. Afrika. Busch. Chris. Ausritt. Sie sprang aus dem Bett und lief zur Zelttür. Es war noch dunkel und sie fingerte kurz am Reißverschluss herum, bis sie den Zipper fand, schlug kraftvoll die Türplane auf und mit der frischen Morgenluft kam Goldzahn herein, die sie gestern Abend beim Essen kennengelernt hatten. Sie streckte Kaya ein Tablett entgegen. Kaya konnte sie kaum sehen, denn ihre dunkle Hautfarbe passte sich dem Hintergrund vollkommen an, aber ihre Zähne blitzten und es war klar, dass sie lachte.

Kaya bedankte sich und bekam zur Antwort, dass sie ab jetzt 30 Minuten Zeit hätten, um sich beim Frühstück auf der Terrasse einzufinden.

»Okay.« Kaya drehte sich mit dem Tablett um. Es war einseitig beladen und deshalb schwer auszubalancieren. Außerdem wusste sie nicht wohin damit, denn sie sah nichts. Aber Chris war ebenfalls aufgewacht und schaltete nun eine der Lampen neben dem Bett ein. Er klopfte neben sich auf das

Laken und Kaya überlegte kurz, ob das nun ihr oder dem Morgentee galt, stellte dann aber das Tablett ab und setzte sich daneben.

»Das nenn ich mal einen Service«, sagte Chris und nahm die Teekanne hoch. »Schön mit dicken Tassen, braunem Zucker und Backwerk.«

»Ziemlich hart«, fand Kaya, die bereits eine der Kuchenscheiben zwischen den Zähnen hatte.

»Das ist wie Schiffszwieback«, erklärte Chris, »das kannst du besser eintunken ...« Er goss beide Tassen voll und gab jeweils zwei Löffel Zucker dazu.

»Heiß und süß«, sagte er dazu. »So muss er sein.« Er blinzelte ihr zu. »So wie du ...«

»Huch.« Kaya zog die Stirn kraus. »Das hast du bestimmt aus so einer Liebesserie ...«

Er zog sie quer über das Bett zu sich und fast hätte sie die Teekanne mitgenommen, die zwischen ihnen stand. »Das stammt exklusiv von mir«, sagte er und verwuschelte sie so, dass sie sich strampelnd wehrte und dabei lauthals lachen musste.

»Vorsicht, der Tee«, rief sie schließlich und er gab sie frei.

»Gut«, sagte er und stand auf. »Außerdem haben wir ja wohl einen Termin.«

Kaya betrachtete seinen sehnigen, braunen Körper. »Du hast eine tolle Figur«, sagte sie.

»Deshalb passen wir ja so gut zusammen.« Er drehte sich nach ihr um und Kaya sah, dass er es ernst meinte.

»Gut«, sagte sie, »aber jetzt nicht. Jetzt müssen wir uns beeilen …«

Der lange Tisch im Haupthaus war gedeckt und das Frühstück schon gerichtet. Um die Uhrzeit, dachte Kaya, bekam sie noch nichts herunter. Außerdem war sie so voller Vorfreude, da störte jeder Gedanke an »Ham and Eggs« oder Müsli. Sie stellte sich eine Tasse Kaffee und einen Orangensaft neben ihren leeren Teller und beobachtete, wie sich Chris seinen Teller mit Rührei, gekochtem Speck und verschiedenen Käseecken vollud. Erstaunlich, dachte sie, was ein Mensch morgens um halb fünf schon alles vertilgen konnte.

Gerti kam herein und ihr folgten einige Gäste. Gerti stellte Kaya und Chris kurz vor und warf nebenbei einen Blick auf Kayas leeren Teller. »Wenn ihr zurückkommt, gibt es einen Brunch, das machen wir jeden Tag so.«

Kaya nickte. Das gefiel ihr, um zehn Uhr kam der Hunger. Vorher nicht.

Sie schaute sich die anderen Reiter an, es waren die, die sie schon bei ihrer kurzen Begegnung am Jeep gesehen hatte. Ein älteres Ehepaar, zwei Frauen um die Dreißig und ein Mann in Philips Alter. Sie nannten ihre Vornamen, aber Kaya machte sich gar nicht erst die Mühe, sich die Namen zu merken. Im Moment ging sowieso alles auf der einen Seite rein und auf der anderen wieder aus dem Gehörgang raus, sie freute sich einzig und allein auf Castello. Alles andere erschien ihr uninteressant.

Endlich war es so weit. Die Pferde standen nebeneinander an einer langen Holzstange festgebunden und warteten. Sie waren bereits gerichtet und wie zu Hause auch vertrieben sie sich die Wartezeit mit kleinen Spielchen nach links und rechts. Als Gerti kam, spitzten sie die Ohren und ein Pferd nach dem anderen wurde von Helfern herbeigeführt und die Reiter saßen auf. Castello war groß, sehr gut gebaut, hatte einen schönen Kopf und aufmerksame Augen. Zudem weiches, glänzendes Fell und sehr gepflegte Hufe. Besser als manche Privatpferde in deutschen Ställen, dachte Kaya, als er ihr gebracht wurde. Sie tätschelte sein dunkelbraunes Fell, kraulte ihn zwischen den Ohren und ließ ihn erst einmal schnuppern, was er auch sofort tat. An ihrem Handrücken, ihrem T-Shirt und Hals.

»Pass auf, gleich küsst er dich«, sagte Chris, der bereits aufgesessen war.

Kaya musste lachen und saß ebenfalls auf.

Oh, dachte sie, was für ein Gefühl! Es war einfach unschlagbar, auf einem Pferd zu sitzen. Ein Glücksgefühl, durch und durch. Von den Zehen bis zur Haarspitze spürte sie die Energie, die von diesem Körper unter ihr ausging. Es war doch jedes Mal aufs Neue ein Erlebnis, dass zwei so völlig unterschiedliche Wesen eine Einheit bilden konnten.

»Na, wie fühlst du dich?«, wollte Gerti wissen, die neben ihr stand.

»Fantastisch!« Kaya tätschelte Castello den Hals, der sofort den Kopf nach ihr umdrehte. Gerti lachte.

»Also«, sagte sie, »er ist ein Spieljunge, ein Playboy, hat

ständig Streiche im Kopf. Aber er ist unerschrocken und wunderbar zu reiten. Wirst schon sehen.«

»Ich mag ihn jetzt schon.«

Gerti tätschelte seinen Kopf. »Okay«, sagte sie, »viel Spaß. Und am besten bleibst du direkt hinter Philip, da bist du bei allem, was passiert, an vorderster Front.«

Philip kam Ton in Ton auf einem hellbraunen Wallach herbeigeritten. Die beiden sahen vom Fell über das Sattelzeug bis zu Philips Kleidung aus, als seien sie in einen einheitlichen Farbtopf gefallen. Crocodile Dundee fiel Kaya dazu ein, den Film hatte sie vor Jahren mit ihren Eltern gesehen, damals hatten sie noch einen Videorekorder, es musste also ewig her sein. Aber er sah gut aus und begrüßte alle gut gelaunt.

Nachdem er sie in die wichtigsten Sicherheitsregeln der Reitsafari eingewiesen hatte, ritt er los und winkte Kaya neben sich. »Jetzt zeige ich dir die Spuren unseres nächtlichen Besuchers.«

»Au!« Kaya drehte sich nach Chris um. »Chris hat schon gesagt, es sei ein Löwe gewesen. Ich konnte es nicht einordnen.«

Philip winkte Chris ebenfalls vor. »Okay, jetzt mal rechts rüber an den Rand.«

Auf der unbefestigten Straße, die an den Koppeln entlang zum Haus führte, waren leichte Vertiefungen im Sand zu sehen. Philip gab das Handzeichen zum Halten und die nachrückenden Reiter kamen vor.

»Gut, hier hat er verharrt. Offensichtlich ist er unsicher geworden …« Philip zeigte auf eine Aneinanderreihung von Spuren. »Er war unschlüssig, ob er weitergehen oder umdrehen soll. Dann hat er sich entschieden.«

»Und wenn er sich für die andere Richtung entschieden hätte?«, wollte die Frau hinter Kaya wissen.

»Das hatten wir noch nie«, gab Philip zur Antwort. »Es sind meist junge Löwenmännchen, Einzelgänger, die sich hier alleine herumtreiben. Aber ihr Instinkt warnt sie davor, zu nah an die Menschen heranzugehen.«

»Und die Pferde?«

»Klar, es ist ja auch der Pferdegeruch, der sie anzieht. Aber die sind gut geschützt.«

Afrika, dachte Kaya. Wie wild und wie anders alles war.

»Mal schauen, ob wir ihn irgendwo finden.«

Kaya rutschte das Herz in die Hose. Einen Löwen irgendwo finden? Einen jungen Löwen, der sich offensichtlich eine Pferdemahlzeit ausgemalt hatte?

»Ja, spannend!«, sagte Chris neben ihr, augenscheinlich hatte ihn schon das Jagdfieber ergriffen. Philip grinste und hob die Hand zum Weiterreiten.

Sie verließen bald die Sandstraße und ritten zwischen den Büschen durch und jetzt wurde Kaya klar, weshalb Judys Reithose so durchlöchert war. Die Büsche hatten Dornen, so lang und piksend wie die Stacheln von Stachelschweinen, so stellte sie es sich jedenfalls vor. Man musste höllisch aufpassen, sie kratzten gleichzeitig an den Beinen und an den

Armen. Castello hatte es raus, er senkte den Kopf, achtete darauf, wo er hintrat, und schlängelte sich so zwischen dem Buschwerk hindurch. Nur ganz oben, da musste sie selbst achtgeben. Gerti hatte ihr gestern noch eine dunkelgrüne Reithose bereitgelegt, ein langärmeliges Khakihemd mit *Wait-a-little*-Aufdruck, einen Reithelm und Reitstiefel, die ihr etwas zu groß waren. Zunächst hatte sie nicht verstanden, warum sie ein langärmeliges Hemd aus so festem Stoff tragen sollte, immerhin war es doch schon morgens angenehm warm. Jetzt wusste sie es.

Die Büsche lichteten sich und Philip hob die Hand. Der erste Galopp. Wie leichtfüßig Castello unter ihr ansprang, das war die reinste Freude. Sie nahm die Zügel auf, die sie auf Weisung Philips bisher nur am äußersten Zügelende gehalten hatte, und genoss es, wie sich der Wallach kraftvoll unter ihr aufschwang, aber genau hinter Philip in der Spur blieb. Kein Pullen, keine Überhol-Attacke, Castello hatte Philips Pferd genau im Visier, wurde nicht schneller, aber auch nicht langsamer. Und da es keinen Weg gab, schlugen sie Haken um Büsche oder Bäume herum, was schnelle Reaktionen von den Pferden verlangte, aber auch von den Reitern. Es erinnerte Kaya an einen ihrer Abstiege, als Sir Whitefoot nach einem Hindernis links herumschwenkte und sie rechts wollte. Und direkt vor ihnen war die Bande. So schnell konnte sie ihren Körper nicht mehr in die andere Position bringen und saß im Sand. Das durfte ihr hier nicht passieren. Sie sah sich nach Chris um. Er war direkt hinter ihr, aber auch er schien keine Mühe zu haben. Die Pferde waren sagenhaft gut geritten, es war eine helle Freude.

Auf einmal machte Castello einen Satz zur Seite und scherte blitzartig aus. Kaya hatte zu tun, ihr Gleichgewicht zu halten, denn auf diese Aktion war sie nicht vorbereitet gewesen. Aber sie fasste die Zügel nach und brachte Castello wieder hinter Philip zurück, dann erkannte sie den Grund. Rechter Hand vor ihnen standen Giraffen. Einfach so, als seien sie mit der Erde verwachsen. Als sie näher kamen, drehte sich eine um und fiel in diesen Zeitlupen-Galopp, den Kaya an Giraffen so unglaublich fand. Castello allerdings auch. Die galoppierende Giraffe neben ihm brachte ihn ziemlich aus dem Häuschen. Kaya hielt ihn kurz und war froh, als Philip wenig später das Handsignal zum Durchparieren gab. Ihre Finger schmerzten, da sie keine Handschuhe trug, und die Oberarme brannten. Aber Castello beruhigte sich sofort wieder. Er sah sich um, die Giraffe war weg und alles schien in bester Ordnung zu sein.

»Hat Gerti dir das gesagt?«, wandte sich Philip an Kaya.

»Was?«, wollte Kaya wissen und ritt neben ihn.

»Dass Castello Angst vor Giraffen hat?«

»Vor Giraffen?« Kaya konnte es nicht glauben. »Aber die tun doch nichts …«

Philip zuckte mit den Achseln. »Aber sie haben geflecktes Fell, ähnlich wie ein Gepard, dazu sind sie riesig und bewegen sich seltsam. Zumindest in Castellos Augen …«

»Ah!« Nachzuvollziehen war das schon, fand Kaya. »Und

vor richtigen Raubkatzen?« Sie dachte an den Löwen von gestern Nacht.

»Die schaut er sich an. Da zuckt er nicht.«

Kaya schüttelte den Kopf. »Pferde sind eben auch nur Menschen«, sagte sie, was Philip zum Lachen brachte.

»Und manchmal die besseren«, fügte er an und Kaya ordnete sich wieder hinter ihm ein.

»Achtung, hier wird es steil«, rief er wenig später nach hinten, und tatsächlich, um die nächste Biegung herum kamen sie an ein breites Flussbett, das sich tief eingegraben hatte und kaum Wasser führte. Ein schmales Bächlein mäanderte in der Mitte träge dahin. Philips Pferd rutschte gekonnt den abschüssigen Hang hinunter, Castello wollte dagegen vor der Abrisskante angaloppieren, was Kaya einen Adrenalinstoß versetzte, kam aber trotzdem absolut sicher auf den flachen Steinen des Flussbetts auf. Philip schüttelte nur grinsend den Kopf und Kaya drehte sich nach den anderen um. Sie landeten alle völlig entspannt unten.

»Du bist wirklich ein Spieljunge«, sagte Kaya zu Castello. »Nix als Faxen im Kopf.«

Sie holte tief Luft und fühlte eine warme Woge der Zuneigung aufsteigen. Castello gefiel ihr. Er war ein Individualist, der sich gern mal in Szene setzte. Vielleicht war er aber auch einfach nur pubertär und lachte über seine eigenen Streiche? Wer wusste das schon so genau. »Lausbub«, sagte Kaya und zog ihn leicht am Ohr. Sie folgten eine Weile dem Flusslauf und Kaya staunte über die Trittsicherheit der Pferde. Große

Steine, hohe, flache, unebene, bergauf, bergab, sie hatte Mühe, die beiden Vorderbeine von Castello im Auge zu behalten, wie er seine Hinterbeine so gezielt aufsetzen konnte, war ihr ein Rätsel. Sie hätte so etwas bisher nur hochlanderfahrenen Mulis zugetraut, aber sicherlich keinen Warmblutpferden, die nebenher noch auf dem Dressurviereck glänzten.

Philip drehte sich im Sattel zu seinen nachfolgenden Reitern um und wies nach vorn zu einer Böschung. Ein schmaler Trampelpfad zeigte an, dass dies der Weg aus dem Flussbett heraus war. Castello spitzte schon die Ohren und Kaya war klar, dass er mit Vollgas hinaufziehen wollte. Sie würde ihn zurückhalten müssen, sonst würde er Philips Pferd glatt überrennen. Philip ritt voraus und die sandige Erde des Hanges bröckelte unter den Hufen seines Pferdes ab. Philip entlastete den Rücken seines Pferdes, trotzdem brauchte der Anstieg einen ordentlichen Anschub der Hinterbeine und viel Kraft. Kaya war die Zweite. Castello nahm kurz Maß und war mit wenigen Galoppsprüngen oben.

Er wäre ein begnadetes Vielseitigkeitspferd, dachte Kaya. Er nahm alle Hindernisse spielerisch. Und Giraffen gab es in Deutschland schließlich nur in Zoos.

Auch die anderen kamen nach. Oben stießen sie auf einen breiten Sandweg, auf dem Philip nach wenigen Metern anhielt und absaß. Er bückte sich zu einigen Spuren herunter, die er genau betrachtete. Kaya fand es bemerkenswert, wie sein Pferd jede seiner Bewegungen mitmachte. Bückte er sich, senkte es den Kopf. Stand er auf, hob es den Kopf, um ihn gleich wieder zu senken, nachdem Philip abermals in die Hocke ging.

»Zwei Löwen«, sagte er schließlich und reckte zwei Finger seiner rechten Hand nach oben. »Es muss der Alte mit seiner jungen Gefährtin sein, ich habe mir das schon gedacht.«

»Aha«, sagte der Mann hinter Chris, »das ist aber nicht der von heute Nacht?«

»Nein, der dürfte in die andere Richtung unterwegs sein. Die beiden hier sind wohl vom Nachbarreservat herübergewandert.« Er nickte seiner Gruppe zu und saß wieder auf. »Mal sehen, ob wir sie finden.«

Kaya tätschelte Castello zur Beruhigung, aber eigentlich musste sie sich selbst beruhigen. Löwen, die man einfach mal so eben suchen ging. Es war schon ziemlich verrückt, fand sie. Ihr Blick suchte Chris. Er kam neben sie geritten und legte seine Hand auf ihren Oberschenkel. »Hast du es dir so vorgestellt?«, wollte er wissen.

»Es ist … ganz besonders«, sagte sie. »Und wie geht dein Steiner?«

»Er führt aus, was ich denke. Ein tolles Pferd.«

Kaya nickte. »Castello ist aber auch …« Sie suchte das passende Wort.

»… etwas sprunghaft«, half Chris aus und lachte. »Ein tollkühnes Kerlchen. Er passt zu dir!«

»Wie du«, ergänzte sie.

»Ja, wie ich«, stimmte er zu.

Philip drehte sich zu seinen Reitern um. »Wenn wir die

Löwen finden, dann bleiben alle zusammen. Keiner geht vor, keiner geht zurück. Wir müssen als große Einheit dastehen. Fasst die Zügel kurz, damit ihr die Pferde kontrollieren könnt. Auf alle Fälle: stehen bleiben!«

Alle stimmten zu, Philip ritt an und winkte Kaya neben sich.

»Bei Castello musst du dir keine Gedanken machen, er hat ein paar spielerische Flausen im Kopf, aber wenn es ernst wird, ist er durch und durch verlässlich.«

»Er ist ein besonderes Pferd«, antwortete Kaya. »Mir gefällt er, wie er ist …«

Sie unterhielten sich eine Weile, und während Kaya von ihrem Sir Whitefoot und ihren Reiterlebnissen mit ihm erzählte, sah sie an Philip vorbei im Busch etwas Hellbraunes, seltsam zusammengekauert.

»Schau, da«, flüsterte sie und zeigte in die Richtung. Philip schob sich die Schirmmütze in den Nacken und gab das Zeichen zum Halten.

»Gutes Auge«, lobte er Kaya. »Das ist sie. Sie beobachtet uns, bereit zum Sprung. Im Falle eines Angriffs wäre sie blitzartig da. Aber sie weiß nicht so recht, was wir sind. Gefahr oder Beute.«

Er wandte sich an die anderen. »Wir stellen uns jetzt nebeneinander auf. Und bleiben erst einmal so stehen.«

Sie war nicht leicht auszumachen zwischen den niedrigen Büschen und dem hohen Gras. Trotzdem wurde das Bild für Kayas Augen immer klarer. Etwa zehn Meter entfernt kauerte sie am Boden, den Kopf in ihre Richtung, die Augen auf sie gerichtet, beide Hinterbeine sprungbereit angezogen.

»Wie lange würde sie brauchen, um hier zu sein?«

»Drei Sekunden?«, überlegte Philip. »Löwen starten mit 60 Stundenkilometern. Da gibt es für uns keine Flucht. Die Löwin muss uns als überlegen anerkennen und nach einer Weile das Weite suchen.«

»Und wenn sie das nicht tut?«

»Wir bleiben hier stehen. Sie könnte auch angreifen, wenn sie sich bedroht sieht. Also macht kein Pferd einen Schritt nach vorn. Aber auch nicht zurück. Sie ist noch jung, sie weiß im Moment wahrscheinlich nicht, wie sie mit der Situation umgehen soll.«

Castello schon, stellte Kaya fest. Sie hatte die Zügel kurz gefasst und nachdem er zunächst eine Weile zu der Löwin gesehen hatte, machte er jetzt einen langen Hals und suchte um seine Vorderbeine herum nach frischem Gras. Kaya gab ihm die Zügel hin. Dann sah sie sich nach Chris um. Er hatte das Smartphone herausgenommen und schoss einige Fotos. Dabei zwinkerte er ihr zu.

Irrsinn, dachte Kaya. Da sitze ich in Afrika auf einem Pferd, neben mir Chris und vor mir eine sprungbereite Löwin. Es war wie ein Traum.

Sie standen gut zehn Minuten in der gleichen Position. Die Löwin bewegte sich nicht. Sie starrte zu den Reitern und die Reiter starrten zurück.

»Wo ist eigentlich der Löwe?«, wollte Kaya wissen.

»Vielleicht hinter uns?«, flachste Chris, was dazu führte, dass sich alle umdrehten.

Philip schüttelte den Kopf. »Ich kann mir vorstellen, wo er liegt. Wir können jetzt aber nicht weiter, sonst kommt sie hinter uns her. Und einen Löwen im Rücken zu haben, ist eine ganz ungute Sache!«

Chris zog eine Augenbraue hoch. »Das kann ich mir vorstellen.«

»Sie bewegt sich«, unterbrach eine der Frauen. Alle konzentrierten sich wieder auf das junge Tier und ganz richtig, die Löwin richtete sich etwas auf, verharrte eine Weile so und schlich dann geduckt und mit langsamen, geschmeidigen Bewegungen hinter den nächsten Busch, ohne die Gruppe auch nur für einen Moment aus den Augen zu lassen.

Philip atmete auf. »Gut. Sie will nichts riskieren. Sie zieht sich zurück. Wir warten noch kurz, bevor wir auch gehen.«

Kaya holte tief Luft und spürte, wie sich ihr Herzschlag allmählich beruhigte. Die Vorstellung einer Löwin, die innerhalb von drei Sekunden herbeigeflogen kommt, hatte ihre Herzfrequenz kräftig erhöht.

Philip hob die Hand und gab Zeichen, um wieder anzureiten. Die Pferde gingen völlig unaufgeregt im Schritt weiter und Kaya fragte sich, wie man Beutetiere gegen den Geruch eines Raubtiers immun machen konnte. Das musste sie Philip dringend fragen.

»Ist das nicht verrückt?« Chris war neben sie geritten und sie ritten in Zweierreihen hinter Philip her. »Stell dir vor, du wärst nicht nach Afrika gekommen, das könnte man im Leben nicht mehr gutmachen!«

Kaya musste lachen, hörte aber sofort damit auf, aus lauter Sorge, sie könne den Löwen entweder vertreiben oder anlocken. So ganz war sie sich über ihre eigenen Gefühle noch nicht im Klaren.

»Das könnte man wirklich nicht mehr gutmachen«, bestätigte sie leise. »Nur gut, dass Alexa sofort auf den Gedanken kam.«

»Die gute Alexa also«, sagte er. »Das war also ihre Idee?«

Nein, eigentlich die von Minka, fiel Kaya ein. Aber das hatte sie fast vergessen, nachdem Minka ihr kurze Zeit später Entwarnung gegeben hatte. Die Paarberatung schien gefruchtet zu haben, zumindest wollten ihre Eltern an ihrer Beziehung arbeiten. Minka war über diese Entwicklung super glücklich gewesen, vor allem wegen Luxury, und Kaya hatte es ebenfalls gefreut. Und während ihrer Reisevorbereitungen hatte sie das Ganze wieder vergessen.

Der Weg wurde enger und Kaya konnte sich einer Antwort entziehen. Es war ja auch nicht wichtig. Was sollte sie jetzt lang von Alexa erzählen? Oder von Minka? Ein mit Dornen bestückter Ast kratzte an ihrem Unterarm entlang und hinterließ blutige Schrammen. Selbst schuld, dachte sie, konzentrier dich besser auf das, was du tust. Sie ritten hintereinanderher, schlängelten sich um Dornenbüsche und Bäume herum, und sahen einige Zebras, die davontrabten. Kaya fühlte sich gleich sicherer. Wo Zebras herumliefen, gab es sicherlich keine Löwen. Zebras waren ja schließlich nicht blöd. Oder zumindest nicht todesmutig.

Sie waren gute zehn Minuten geritten, als sich vor ihnen eine Lichtung auftat. Philip hob die Hand und alle Reiter sammelten sich um ihn. Er wies nach vorn. Gegen den graublauen Himmel erkannte Kaya im Moment nur einen abgestorbenen Baum, der seine kahlen Äste wehklagend nach oben reckte. Dann erst entdeckte sie ihn. An seinem Stamm lag der Löwe. Gut verdeckt durch das hohe, braune Steppengras. Aber auch er hatte sie längst im Blick. Er lag ihnen zugewandt, die Vorderpfoten bequem ausgestreckt, ganz anders als die junge Löwin. Die Augen halb geschlossen erinnerte er Kaya an ihren Kater zu Hause, nur dass dieser Kerl hier einen gewaltigen Kopf hatte. Seine üppige goldene Mähne loderte um sein Gesicht, seine Barthaare waren hell und seine Brust dunkelbraun. Sie verharrten und sahen sich an. Der Löwe und die Reiter.

Schließlich gähnte der Löwe herzhaft – oder war es ein unwilliges Brüllen? Kaya musste immerzu an diese drei Sekunden denken, dabei war zwischen der jungen Löwin und ihnen dichtes Gestrüpp, das jeden schnellen Lauf behindern würde. Zwischen dem Löwen und ihnen … war nichts. Steppengras, sonst nichts.

Schließlich stand er auf und Kaya dachte, ihr Herz müsse stehen bleiben. Philip griff nach seiner Nilpferdpeitsche. Langsam setzte sich dieses mächtige Tier in Bewegung. Auf sie zu. Er setzte seine Beine langsam, eines nach dem anderen. Kaya meinte schon, den Blick aus seinen bernsteinfarbenen Augen analysieren zu können. Er schaute verdrießlich. Vielleicht gingen sie ihm einfach nur auf den Zeiger und er wollte sie loswerden.

Er kam immer näher. Wie lange würden sie das durchhalten?, fragte sich Kaya. Ab wann spielten menschliche Nerven verrückt, wenn schon die Pferde offensichtlich keine hatten?

Der Löwe blieb stehen und ließ sich neben dem einzigen Busch auf seinem Weg nieder. Absolut gemächlich, als sei dies sein Sonntagsspaziergang.

»Der will uns nichts«, flüsterte Chris neben ihr.

»Der ist satt«, sagte die Frau hinter Kaya.

»Der wartet auf seine Freundin«, mutmaßte ein Mann.

»Wir bleiben noch ein paar Minuten stehen und wenn ich das Zeichen gebe, reiten wir geschlossen nach links weg«, sagte Philip.

Der Löwe legte seinen schweren Kopf auf seine ausgestreckten Vorderbeine und schloss die Augen.

Der hält uns für totale Idioten, dachte Kaya, noch nicht mal wert, ein Auge offen zu halten. Trotzdem war sie froh, als sie zehn Minuten später aus seiner Reichweite war.

Sie ritten einen anderen Weg zurück als den, den sie gekommen waren. Die Bäume und Büsche wurden weniger, auf der freien Ebene sahen sie einige Giraffen, Zebras und immer wieder Impalas, die Kaya mit ihren hohen Sprüngen faszinierten. »Ist es nicht ein Traum?«, fragte sie Chris.

»Es ist schöner, als man es sich zu Hause je vorstellen kann«, stimmte er ihr neben ihr reitend zu.

»Meine Ferien sind zu kurz«, überlegte Kaya. »Ich würde gern länger bleiben.«

»Du kannst ja wiederkommen …«

Kaya warf ihm einen kurzen Blick zu. Er hatte recht.

»Philip«, fragte sie nach vorn, »nehmt ihr auch Volunteers?«

Er drehte sich um, lachte und hob die Hand. »Aber nur solche, die bei einem scharfen Galopp im Sattel bleiben«, und damit galoppierte er an.

Kaya genoss es. Jetzt wusste sie, wie Castello tickte, und konnte sich auf ihn einstellen, auch auf den einen oder anderen Schlenker, den er einbaute. Kaya hätte weinen können vor Glück. Dieses Pferd unter ihr war sagenhaft. Alles rundherum war einfach nur schön.

Als die Dornenbüsche wieder zahlreicher wurden, hob Philip die Hand zum Durchparieren. Anschließend drehte er sich nach ihr um.

»Na, du bist ja noch da«, grinste er und seine Augen blitzten sie fröhlich unter dem Schild seiner sandfarbenen Kappe hervor an. »Das sind schon mal gute Voraussetzungen …«

»Und ausmisten kann ich auch«, ergänzte Kaya. »Das muss ich zu Hause auch.«

»Und so ganz nebenher zähmt sie so manch widerspenstigen Geist«, schaltete sich Chris ein und Philip nickte ihm zu.

»Das kann ich mir vorstellen.«

Die Pferde schnaubten und fühlten sich offensichtlich wohl. Castello spitzte schon wieder die Ohren und Philip hob die Hand. »Ich glaube, da kommt was«, rief er den nachfolgenden Reitern zu. »Rückt mal zu uns auf und bleibt geschlossen stehen.«

Was konnte nach zwei Löwen schon noch kommen?, fragte sich Kaya, blieb aber dicht hinter Philip stehen. Es war nichts zu sehen. Links von ihnen verdeckten grüne Bäume und Büsche die Sicht, und vor ihnen zerfloss das helle Steppengras mit dem graublauen Horizont. Doch alle Pferdeohren waren nach vorn gerichtet und jetzt hörte sie es auch: Ein seltsam malmendes Geräusch, etwas, das sie nicht einordnen konnte. Und, es wurde lauter. Castello stand ohne Regung mit völligem Gleichmut da, so, als stünde er vor einer roten Fußgängerampel, die irgendwann auf grün umschalten würde. Abwartend sah er nach links, wie alle anderen Pferde auch.

Und dann kam es. Ein Elefant brach aus dem Gebüsch, hinter ihm ein weiterer und noch einer. Kaya hielt den Atem an, denn jetzt tauchte ein ganz besonders großes Exemplar auf und es lief nicht, wie die Vorgänger, einfach weiter, sondern stellte sich ihnen mit aufgestellten Ohren entgegen. Noch nie hatte Kaya ein so imposantes Tier von so Nahem gesehen. Die riesigen Stoßzähne, die wedelnden Ohren, er sah ganz und gar nicht freundlich aus. Und jetzt erkannte Kaya auch, warum. Hinter ihm querte ein Baby mit seiner

Mutter den Pfad und danach ein weiteres Jungtier. Kaya erkannte die Strategie. Es wurden ständig mehr. Bestimmt waren es zwanzig Tiere, die hinter den Reihen der Größten durchliefen. Und die hatten sich wie eine Front gegen die Reiter formiert. Hinter dieser Aufstellung von Macht und Stärke marschierten die kleineren Elefanten und die Jungen geschützt auf die andere Seite, wo sie sich ganz locker mit rotem Sand bestäubten und offensichtlich kein Auge für die Pferde hatten.

»Wahnsinn«, hauchte Kaya und tätschelte Castellos Hals, der kein Auge von dem riesigen Elefanten vor ihm ließ. Auch die Reiter rührten sich nicht. »Angreifende Elefanten sind schnell«, hatte Philip sie auf dem Camp noch gewarnt. »Wo wir auf der Flucht um Büsche herumgaloppieren müssen, trampeln sie durch. Wir hätten keine Chance. Also keinen Schritt nach vorn, das werten sie als unfreundlichen Akt, und keinen zurück, das nehmen sie möglicherweise zum Signal, um uns hinterherzustürmen. Das könnte ihnen Spaß machen. Elefanten lernen schnell. Und wer einmal einen Safariwagen umgestoßen hat, der findet das lustig und macht es immer wieder.«

Kaya wollte kein Safariwagen sein und hielt sich an Philips Maßgabe, obwohl ihr Instinkt eher zur Flucht neigte. Aber auch alle anderen standen still und nach einer Weile drehten sich die Elefanten weg und gingen als Nachhut hinter ihren Artgenossen her.

Philip verstaute seine Nilpferdpeitsche und drehte sich

um. »Leute«, sagte er, »das war heute ein Glückstag. Ich hatte schon Gäste, da haben wir tagelang außer Impalas, Giraffen und Zebras nichts gesehen, also keinen der berühmten Big Five. Keinen Elefanten, keinen Löwen, kein Nashorn, keinen Büffel und keinen Leoparden. Und heute gleich eine ganze Elefantenherde mit Babys und zwei Löwen. Nachher kommen wir noch an einem See vorbei. Dort brütet ein Krokodil am Ufer im Sand. Wir reiten um das Tier herum, bleibt also in meiner Spur. Sie wird uns nichts tun, denn sie verlässt ihre Eier nicht, seid trotzdem wachsam.«

Chris klopfte Kaya leicht auf den Rücken. »Also auch noch das Krokodil. Das kennen wir ja schon, falls es das ist. Wahnsinn! Das toppt sogar noch meinen S-Sieg in Schwetzingen! Dabei war ich davon überzeugt, dass es nichts Größeres geben kann.«

»Unsere Nacht vielleicht?«, flüsterte Kaya und zog die Stirn kraus.

»Klar!« Chris beugte sich zu ihr hinüber und gab ihr einen schnellen Kuss. »Aber danach kommt direkt das Krokodil! Mitsamt den Löwen und Elefanten!«

10. Kapitel

Als sie wieder im Camp ankamen, fühlte sich Kaya reifer, erfahrener und unglaublich mutig.

»Das war mal was!«, sagte sie zu Chris, der neben ihr ritt.

»Und das Krokodil war um einiges länger als das von gestern«, gab er zurück. »Ich hab im Fernsehen gesehen, wie schnell die ihre Beute greifen! Da waren wir ganz schön nah dran!«

»Aber Philip weiß schon, was er tut«, beruhigte Kaya vor allem sich selbst.

»Gott sei Dank. Das hätten wir uns heute Nacht auch nicht vorgestellt.«

»Bei dem Löwenbrüllen, meinst du …« Kaya musste lachen. Ja, da hatte sie wirklich noch keine Ahnung, was sich hier im Busch so alles verbarg.

»Achtung«, rief Philip und griff nach seiner Nilpferdpeitsche. »Begrüßung!«

Er ließ sie über seinem Kopf kreisen und die Peitschenschnur knallte drei Mal hintereinander wie Schüsse. »Jetzt wissen sie, dass wir kommen!«

»Spitze, ich habe schon richtig Kohldampf«, rief der Mann

hinter ihnen und Philip drehte sich lachend nach ihm um. »Ja, genau«, sagte er, »jetzt wird erst mal richtig gebruncht. Das haben wir uns verdient …«

Für Kaya gingen die Stunden auf *Wait-a-little* viel zu schnell vorbei. Sie fand Daktari auch großartig, vor allem die Idee dahinter, aber hier, bei den Pferden, spürte sie ihre Heimat. Etwas, das sie seltsam fand. Nach dem Brunch fragte sie Gerti danach.

»Ist doch komisch« sagte sie, »ich bin das erste Mal hier und fühle mich trotzdem, als ob das hier irgendwie zu mir gehören würde. Es pulsiert durch meine Adern, weißt du, was ich meine?«

Gerti nickte. »Wir haben ja in Deutschland gelebt und wollten uns nur so eine kleine Farm in Südafrika leisten, so etwas Rundes, Schönes, aber eben für nebenher. Keinen großen, neuen Lebensabschnitt …« Sie lächelte und ihr Gesicht nahm die Weichheit ihrer Gedanken an. Sie war eine schöne Frau, fand Kaya. »Ja, und dann fanden wir dieses Camp hier. Und es floss uns in die Adern, ganz genau, wie du es gerade eben formuliert hast.«

Kaya sann ihren Worten nach. »Ja, das kann ich verstehen. Das kann ich sogar sehr gut verstehen. Nur den Namen nicht so ganz. Wieso denn *Wait-a-little*?«

»Wait-a-little, so heißt ein Busch, der eigentlich Buffalo Thorn heißt oder in Afrikaans ›blinkblaar wag'n bietjie‹. Wenn man sich in diesem Busch verheddert, braucht man etwas Zeit, bis man sich wieder befreien kann. Deshalb ›Wait-a-little‹.«

Kaya musste lachen. »Wie sinnig«, sagte sie. »Ja, das kann man sich leicht vorstellen!« Sie dachte an die zahlreichen Dornenbüsche und ihre Dornen, die trotz des schützenden Hemdes beim Vorbeireiten ihre Arme zerkratzt hatten.

»Noch was«, wollte Gerti wissen. »Philip hat mir von deiner Frage erzählt … Meinst du das mit der Praktikantenstelle ernst?«

»Ich schon«, sagte Kaya. »Allerdings muss ich natürlich noch meine Eltern fragen.«

»Da muss man aber wirklich arbeiten«, warnte Gerti. »Offiziell geht das auch erst, wenn man 19 Jahre alt ist. Und es kostet was.«

»Tut es bei Daktari ja auch.«

»Ja, dann …« Gerti legte ihr die Hand auf die Schultern. »Ich würde mich freuen.«

Als Judy sie am späten Nachmittag zurückfuhr, hatte Kaya so etwas wie ein Verlustgefühl im Bauch. Sie wäre gern geblieben. Aber kaum waren sie auf Daktari angekommen, gab es Aufregung über einen neuen Patienten und Kaya war wieder in ihrem Element: Ein verletzter Nasenbär war abgegeben worden. Er war in eine Falle geraten und blutete stark am Bein.

»Das ist unser Triumph«, sagte Michèle.

»Was?«, fragte Kaya.

»Früher wären die Tiere gleich getötet worden oder irgendwo qualvoll verendet. Heute haben schon viele Menschen hier das Bewusstsein, dass man ihnen helfen muss.«

»Und das ist euer Verdienst?« Kaya spürte ein Prickeln.

»Ja, das dürfen wir uns auf die Fahnen schreiben.« Michèle legte beide Hände auf Kayas Schultern. »Und darauf sind wir stolz.«

»Das könnt ihr auch!« Kaya war auch stolz darauf, hier zu sein. Hinter Michèles Rücken stieg eine große Staubwolke über der Sandpiste auf und kündigte ein schnelles Auto an. Kurz danach fuhr ein völlig verstaubter Jeep auf den Vorplatz.

»Es geht los – da kommt Rainer, unser Tierarzt«, sagte Michèle und eilte ihm entgegen.

Als Kaya abends, völlig erfüllt von den neuen Eindrücken – von ihrem Safariritt, den vielen Tieren und dem kleinen Nasenbären, dem der Tierarzt die zerschnittenen Sehnen wieder zusammengenäht hatte –, in ihre kleine Hütte zum Schlafen ging, stand dort ein Doppelbett. Zunächst glaubte Kaya ihren Augen nicht zu trauen, aber dann entdeckte sie Chris, der sich unter der leichten Decke versteckt hatte.

»Überraschung«, sagte er und schlug das Laken zurück.

»Die ist dir gelungen«, erklärte Kaya und spürte, wie sie zu glühen begann. Sicherlich strahlte sie über das ganze Gesicht, befürchtete sie. Eigentlich wollte sie ihre Karten nicht so offensichtlich auf den Tisch legen. Aber er strahlte auch. Dann war es schließlich egal.

»Ich habe schon geduscht«, sagte Chris. »Und es uns ein wenig gemütlich gemacht.« Er wies auf einen dreibeinigen Holzhocker, wie man ihn in Kuhställen zum Melken nahm. Eine große Kerze stand darauf, die den Raum mit warmem Licht erfüllte.

»Husch, husch«, sagte Chris vom Bett her, »wir machen uns einen schönen Abend«, er wies zur Decke, »auch ohne Sternenhimmel.«

»Und Löwengebrüll«, ergänzte Kaya.

»Dafür mit Nasenbär«, schmunzelte Chris.

»Brüllen die?«

»Keine Ahnung! Aber jetzt geh duschen, ich warte schon seit dreißig Minuten hier unter der Decke auf dich!«

Die nächsten Tage vergingen für Kaya wie im Traum. Sie konnte überall mit anpacken, durfte unterrichten, mit den Kindern sporteln und sie half Michèle bei den frischen Verbänden am Bein des Nasenbären und freute sich, dass die OP offensichtlich gelungen war. Langsam wuchs die Wunde zu und der Nasenbär begann, sein Bein wieder vorsichtig einzusetzen. Nachts kuschelte sich Kaya an Chris und sie redeten lang über alles Mögliche, streichelten sich und entdeckten ihre Körper.

Alles war neu für Kaya und alles aufregend. Sicherlich, fand sie, waren dies die schönsten Tage in ihrem Leben. Dann überlegte sie und korrigierte sich. Vielleicht war das doch etwas ungerecht. Wie glücklich war sie, als ihre Eltern ihr Sir

Whitefoot geschenkt hatten? Nie hätte sie geglaubt, dass sie ihn behalten dürfte, schließlich hatten ihre Eltern nach dem großen Hausumbau kein Geld übrig. Das war so schon immer knapp gewesen, auch ohne Pferd. Beim Gedanken daran spürte sie ein Kribbeln im Bauch. Sir Whitefoot. Ja, sie hatte Sehnsucht nach ihrem Pony. Er war eben doch ein ganz besonderes Tier, ein bisschen ihre zweite Hälfte. Und sie hatte auch ein bisschen Sehnsucht nach ihren Freundinnen, nach den Stunden, die sie zusammen im Reitstall verbrachten, quatschend, kichernd, mit Cola und Chips in ihrem Heuversteck. Beim Gedanken daran lächelte sie.

Chris, der eben mit ihr Salat für die Affen wusch und in große Behältnisse verteilte, warf ihr einen Blick zu.

»Denkst du an mich oder an einen anderen?«

»Weder noch.« Kaya streckte ihm kurz die Zungenspitze heraus.

»Hmm, lecker«, sagte er. »Zartrosa. Zum Anbeißen.«

»Quatschkopf!« Sie schüttelte den Kopf. »Aber du darfst raten.«

»Schon klar, meine große Konkurrenz.« Er verzog das Gesicht. »Er hat große, braune Augen, weiche Lippen und eine rötliche Haarfarbe.«

Kaya musste lachen. »Ja, schon mal gut …«

»Dazu hat er lange Beine, ist stets sehr gut angezogen und kann zuhören, was Frauen angeblich ja sehr schätzen, er hat nämlich große Ohren.«

Kaya lachte noch immer. »Perfekt!«

»Ja, er ist der perfekte Mann. Man kann ihn hätscheln und knutschen, kann ihm alles erzählen, er nimmt nichts krumm, er ist super pflegeleicht und freut sich über jede kleine Liebesgabe.«

»Genau!«

»Zudem ist er Vegetarier, nein, sogar Veganer, also passt er total in die Zeit. Er isst keinerlei tierische Produkte, zudem lehnt er sogar Nikotin und Alkohol ab. Er ist nicht nur perfekt, er ist ein Supermann!«

»Kann man so sagen!«

»Das einzig Störende an ihm ist vielleicht der Aufwand mit seinem Schuhwerk.«

»Schuhwerk?«

»Ja, während ich mir nur zwei Sneakers kaufe, neigt er zur Geldverschwendung und will alles doppelt. Also zwei Paar statt einem.«

»Ja, einen Fehler kann man so einem Supermann ja schließlich auch zugestehen.«

»Okay, ich kapituliere, neige den Kopf in Ehrfurcht und ziehe mich diskret zurück …« Chris nahm seine Waschschüssel voll frischer Salatblätter und ging, wie ein Höfling, mit tiefer Verbeugung rückwärts hinaus. Dabei flötete er irgendwelche Beschwörungsformeln.

Kaya nahm ihren Eimer und lief hinterher.

»Es ist ja nicht so, dass ich keine weibliche Konkurrenz hätte …«

»Ja«, sagte er und legte den Kopf schief. »Aber bei mir

handelt es sich um Pferde und Affen, und bei dir um einen Halbgott.«

»Das *Halb* würde ihn dann schon beleidigen ...«

Chris stellte die Waschschüssel ab, nahm ihr den Eimer aus der Hand und fasste sie mit beiden Händen um den Nacken. Sie sahen sich in die Augen.

»Wenn du einen Gott wie Sir Whitefoot auf vier Beinen hast, würdest du daneben einen menschlichen Freund wie mich auf nur zwei Beinen akzeptieren?«

Kaya nickte.

»Ich meine, auch wenn wir wieder zurück sind?«

Kaya nickte. Ihr Herz begann zu trommeln.

»Für mich war das eigentlich klar«, sagte sie langsam.

»Hältst du die Zeit durch, bis ich wieder nach Deutschland komme?«

Kaya wurde es ganz anders. »Klar«, sagte sie voller Inbrunst. »Und du?«

Er nahm seine rechte Hand aus ihrem Haar und machte eine umfassende Bewegung. »Willst du dich mit den Affenmädels vergleichen?«

»Nein, aber vielleicht mit Australierinnen wie Jeanette?«

Er schüttelte den Kopf. »Jeanette hab ich schon vorher nur als Kumpel gesehen, ich war voller Vorfreude auf dich. Und das wird sich auch nicht ändern, wenn du morgen abfliegst.«

Wenn du morgen abfliegst ..., den Satz hatte Kaya im Kopf, während Chris sie an sich drückte und sie seine Lippen spürte. So schnell schon. Morgen. Wie furchtbar. Der Kuss war lang und innig, und gab ihr Mut. Wie ein Vertrag, fand Kaya. Und als er sie wieder losließ, dachte sie: Jetzt haben wir es besiegelt. Und sie fühlte eine heftige Freude aufflammen, die ihr heiß durch den Körper zog.

11. Kapitel

Der Abschied fiel ihr schwer. Vor allem Jimmy, so hatten sie den Nasenbären genannt, hatte sie lieb gewonnen. Er würde bald wieder in den Busch zurückgehen, hatte Michèle gesagt, und das erfüllte Kaya mit Freude. Aber trotzdem verkniff sie sich die Tränen, als er bei ihrer Stimme aufsah und zur Gittertür kam. Das Vertrauen, das ihr Jimmy entgegenbrachte, machte sie wehmütig. Heute Abend wäre sie schon nicht mehr da. Würde er auf sie warten? Und sich fragen, warum sie nicht kam? Sie ging hinein und kraulte ihm eine Weile den Rücken. Oder wäre es sogar besser gewesen, er würde die Menschen weiterhin als Feinde betrachten und nicht als Freunde? Wer wusste schon, wem er vertrauensvoll entgegenlaufen würde?

Michèle kam dazu und tröstete sie. Wäre er erst wieder in Freiheit, würde er sein ursprüngliches Verhalten wieder annehmen – zur Wesensänderung sei sein Aufenthalt hier im Camp zu kurz gewesen. »Für mich nicht«, sagte Kaya und umarmte Michèle aus einem Impuls heraus. »Ich glaube, mich hat das Camp ziemlich verändert. Auch die Sicht auf manche Dinge. Ich bin dankbar, dass ich das erfahren durfte.«

Michèle nickte und gab die Umarmung sehr herzlich zurück.

Der Morgenwind fuhr ihr durch die Haare und Kaya suchte in ihrer Hosentasche nach einem Haargummi. Sie hielt ihr Gesicht der Sonne entgegen und atmete noch einmal den besonderen Geruch, den sie mitnehmen wollte, diese Mischung aus Sand und Steinen, Gewürzen, Gräsern, Büschen und Bäumen. Es roch anders als zu Hause, aber sie kam nicht darauf, warum. Sie stand neben ihrem Gepäck am Flughafen und betrachtete die Tierplastiken, die um den künstlichen Teich platziert waren. Jetzt verstand sie das besser als bei ihrer Ankunft. Jetzt hatten sie plötzlich eine Seele, wie alles hier. Jedes Tier, jeder Stein, jeder Hügel, jeder Busch. Wie waren die Weißen zur Kolonialzeit auf die anmaßende Idee gekommen, einfach hier einzufallen und sich als Grundbesitzer und Herrscher auszugeben? Dieses Land gehörte entweder niemandem oder allen zusammen.

Chris hatte den Wagen geparkt und kam jetzt an ihre Seite. Kaya checkte ein und verabschiedete sich schnell.

»Wink mir bloß nicht nach«, sagte sie, »sonst heul ich.«

»Ich komm ja bald nach.«

»Es ist nicht nur das …« Sie spürte, wie ihr die Tränen kamen, »sondern alles. Alles zusammen. Das goldgelbe Licht, die Mystik dieser Landschaft, das Tiefe, das in den Hügeln, den Tieren und den Bäumen steckt. Ist das eine Art Religion? Egal, es ist einfach unbeschreiblich.«

»Schön, dass du es so empfindest, ich empfinde es auch so.«

Sie umarmten sich.

»Und jetzt geh«, sagte Kaya und löste sich langsam von ihm. »Schau, die Maschine ist startbereit, gleich muss ich einsteigen.«

»Und ich soll wirklich gehen? Nicht winken?«

»Erspar mir das. Ich möchte von oben sehen, wie du mit dem Jeep die Sandpiste entlangfährst, wie du eine große Staubwolke hinter dir herziehst und ganz allein zurück in den Busch fährst.«

»Das möchtest du?«

»Das möchte ich mir bewahren.«

Noch in der gleichen Nacht saß Kaya wieder an ihrem Schreibtisch in ihrem Zimmer. Die Begrüßung war stürmisch verlaufen, aber sie gab Müdigkeit vor und versprach, am nächsten Tag alles genau zu erzählen.

»Ich mach dir Currygeschnetzeltes«, sagte ihre Mutter liebevoll und Kaya nickte begeistert.

»Mama, da freu ich mich ganz besonders.« Und sie drückte ihre Mutter, wie sie sie lange nicht gedrückt hatte.

Was hatte sie für ein Glück, in so einer behüteten und liebevollen Umgebung aufzuwachsen, dachte sie, während sie ihre Fotos auf ihrem Handy durchsah. Unglaublich, da hatte sie heute Morgen noch in Südafrika gestanden und saß jetzt wieder an ihrem Schreibtisch, als ob nichts gewesen wäre. Es kam ihr schon jetzt vor wie ein einziger, großer Traum. Sie pickte sich nebenbei einen der Orangenschnitze heraus, die ihr Vater liebevoll für sie geschält hatte, und steckte sich dazu eine Walnuss in den Mund. Hier war noch Winter, dachte sie, das alles war eigentlich unfassbar.

Sie überspielte die Fotos auf ihr Laptop. Vielleicht sollte ich für Chris ein Fotobuch zusammenstellen, dachte sie. Als kleines Willkommensgeschenk … Sie lächelte und betrachtete das letzte Foto, das sie gemacht hatte: ein einsamer Jeep im braungelben Busch, der eine riesige Staubwolke hinter sich herzog.

Sie schickte das Bild auf Chris' Handy. »Ein einsamer Wolf in der Wildnis«, schrieb sie dazu, »ich freu mich auf dich!«

»Ich liebe dich«, diesen Satz verkniff sie sich, obwohl sie gerade so fühlte.

Es raschelte am Fenster und Kaya blickte hinaus. Der dick verschneite Garten war durch das Licht der Wohnzimmerfenster beleuchtet, alles sah weich und irgendwie formlos aus. Schneefall hatte eingesetzt, große Schneeflocken wehten an ihr Fenster und blieben daran hängen. Klebten da nicht vor wenigen Wochen noch Herbstblätter? Kaya erinnerte sich nicht daran, aber sie erinnerte sich noch sehr gut an ihre innere Gewissheit, dass nun die Welt untergehen müsse. Sie spürte nochmals diesem Schlag nach und ihrer endlosen Traurigkeit. Chris für drei Monate in Afrika, das war der gefühlsmäßige Sturz ins Bodenlose gewesen. Wie anders fühlte sie sich heute … Chris würde bald zurückkommen und sie war mit der Gewissheit zurückgeflogen, dass die Zukunft schön werden würde. Sie würden gemeinsam ausreiten, sich lieben und Pläne schmieden. Besser konnte es nicht sein. Das Leben war schön. Kaya stand auf und betrachtete die Schneeflocken, bevor sie am warmen Glas schmolzen und wässerig hinunterrutschten. Auch so ein Wunder, dachte sie, jeder Stern aus Millionen von Eiskristallen und jeder Stern anders in seiner Form. Und dazu so vollkommen und doch von so einer vergänglichen Schönheit. Nur für Sekunden gemacht. Nach einer Weile hauchte sie gegen das Fenster, zeichnete mit dem Zeigefinger ein Herz auf die angelaufene Stelle und schrieb *C + K* hinein. Dann stellte sie sich daneben, schoss ein Selfie und schickte es nach Afrika.

Hauptmann, Gaby:
Frei wie der Wind
Kayas Pferdeabenteuer in Afrika
ISBN 978 3 522 50412 6

Einbandgestaltung: Zero Werbeagentur GmbH, unter Verwendung von
Fotomaterial von FinePic®, München
Innentypografie: Eva Mokhlis
Reproduktion: HKS-Artmedia GmbH, Leinfelden-Echterdingen
Druck und Bindung: CPI – Ebner & Spiegel, Ulm

FSC
www.fsc.org
MIX
Papier aus verantwortungsvollen Quellen
FSC® C083411

Mehr über unsere Bücher, Autoren und Illustratoren auf:
planet-girl-verlag.de

Frei und stark

Frei und stark – wir fühlen uns so frei und stark
Frei und stark – egal, was auch kommen mag
Frei und stark – zusammen gehen wir es an –
wir reiten mit dem Wind
Wir bleiben dort, wo unsere Pferde sind!
Wir Amazonen – frei und stark.

Weiche Nüstern, warmes Fell, der Duft nach frischem Gras
Die Sonne glüht und spiegelt sich in deinem Haar
Du gibst die Zügel frei und fliegst dahin
Dann wird alles so leicht

Frei und stark …

Mit dir, mein Freund, springt mein Herz im wilden Takt
Das Leben ist so aufregend und schön
Ist ganz klar, wir gehören zusammen
Dann wird alles so leicht

Frei und stark …

Wir packen alles an, was sich uns entgegenstellt
Starke Mädchen kämpfen wild dabei
Wir mögen, helfen und vertrauen uns
Dann wird alles so leicht

Frei und stark – wir fühlen uns so frei und stark
Frei und stark – egal, was auch kommen mag
Frei und stark – zusammen gehen wir es an –
wir reiten mit dem Wind
Wir bleiben dort, wo unsere Pferde sind!
Wir Amazonen – frei und stark.

Hier kannst du den
Song anhören

Liebe Kaya-Leser und Kaya-Fans

Am besten schreibe ich selbst über mich, denn ich kenne mich schließlich am besten ☺

Warum schreibe ich Pferdebücher? Das werde ich oft von Lesern gefragt, die nur meine Erwachsenen-Romane beim Piper-Verlag kennen. Und die nächste Frage ist dann: Warum schreibe ich überhaupt? Kann man einfach so losschreiben oder braucht man eine Ausbildung?

Ich habe beides. Ich habe – wie viele von euch vielleicht auch – als Kind schon kleine Geschichten und vor allem Tagebuch geschrieben. Meine Deutschlehrerin fiel bei jedem meiner Aufsätze in Ohnmacht, weil sie immer so lang waren. Mein Rekord war, glaube ich, mal zwölf DIN-A4-Seiten in zwei Stunden. Heute wäre das schon eine Kurzgeschichte ☺. Mein Französischlehrer war zu dieser Zeit wenig begeistert von mir, denn er sah mein Mofa ständig am Reitstall stehen, und er schloss daraus, dass ich zu wenig lernte – was ja auch stimmte. Unglücklicherweise wohnte er in meiner Heimatstadt Trossingen in der Nähe des Reitstalls und hatte somit die ständige Kontrolle über mich. Nachdem er mich mal darauf angesprochen hatte, stellte ich mein Mofa nur noch hinter dem Stall ab …

Ihr seht also, schon ich bin im Reitstall aufgewachsen. Es war eine sehr intensive und schöne Zeit, die nach dem Abitur leider zu Ende ging. Ich hatte kein eigenes Pferd, aber da wir eine reiterlich sehr gut ausgebildete Mädchenclique waren, ritten wir ständig teure Pferde von Leuten, die zwar Geld, aber keine Zeit hatten. Und manchmal auch einfach nicht gut reiten konnten. Also saßen wir täglich auf Pferderücken und, wenn wir Glück hatten, durften wir mit diesen Pferden auch auf Turniere.

Nach dem Abitur wollte ich Film- und Fernsehen studieren, kam aber nicht dazu, weil ich recht schnell mit einem Volontariat bei einer Tageszeitung anfing – beim SÜDKURIER in Konstanz. Dann wurde ich Reiseredakteurin, machte mich mit einem Pressebüro in Lindau am Bodensee selbstständig, ging von dort wieder nach Konstanz, um als »Chefredakteurin« beim Aufbau eines der ersten Privatsender in Deutschland zu helfen: *seefunk radio bodensee*, von dort nach Tübingen zum Südwestfunk, SWF 1, und schließlich nach Baden-Baden zu SWF3. Nebenher begann ich fürs Fernsehen zu arbeiten, und irgendwann hatte ich eine kleine eigene Reihe, die ich selbst schrieb, organisierte, moderierte und produzierte, sie hieß »Pp-Prominenz privat«. Sie gab mir die Möglichkeit, all die Menschen kennenzulernen, die ich schon immer genial fand: wie beispielsweise Nicole Uphoff, die mit ihrem Pferd Rembrandt vier olympische Dressur-Goldmedaillen gewonnen hat. Bei der ersten in Seoul war Nicole gerade mal 21(!) Jahre alt. Oder Pierre Brice, den ich seit seinen Winnetou-Filmen bewunderte. Ja, und dann gab es immer mehr Filmaufträge vom Hessischen Rundfunk und vom Südwestrundfunk – beispielsweise drehte ich für den SWR eine Dokumentation über meinen Großvater Karl Hauptmann, der ein berühmter Schwarzwaldmaler war.

1994 schrieb ich aus einer Laune heraus meinen ersten Erwachsenen-Roman: »Suche impotenten Mann fürs Leben«, der nach seinem Erscheinen sofort ein Weltbestseller wurde.

»Alexa – die Amazone« war da gerade veröffentlicht. Alexa habe ich für mich geschrieben, da war ich etwa 16 Jahre alt. Ich fand die damaligen Pferderomane einfach nur langweilig – entweder waren sie für Kleinkinder gedacht oder es gab nur Sachbücher, nichts, was eine Sechzehnjährige hätte interessieren können. Also Freundschaft, erste Liebe, Konkurrenzkampf, Eifersucht, Fortbildung, Turniere … Daher ließ ich Alexa all die Abenteuer erleben, die ich selbst gern erlebt hätte. Und immer, wenn ich Zeit hatte, schrieb ich weiter. Fertig war sie etwa acht Jahre später, aber danach lag sie als Manuskript in einer Schublade, bis ich sie 1993 wieder entdeckte, nochmals las und gut fand. Ich bot sie 27 Verlagen an. Keiner wollte sie haben. An den letzten habe ich mich nicht herangetraut, weil er in meinen Augen so weit oben stand: Der FN-Verlag der Reiterlichen Vereinigung. Aber genau dort ist er dann erschienen, was zeigt, dass man jeden Ast ausprobieren sollte – entweder er bricht, oder er hält ☺.

Meine Tochter Valeska, 1991 geboren, fing dann natürlich ebenfalls zu reiten an. Voltige, anschließend Pony. Und bei einem Ausflug – unsere Reitlehrerin Claudia von unserem Reitverein »Obere Mühle Allensbach« wollte sich eigentlich nur eine neue Reitanlage ansehen – entdeckten wir Sir Whitefoot. Es war Liebe auf den ersten Blick und bis heute ist er ein wunderbares Pony! Und so wurden meine Kaya-Jugendreiterbücher ins Leben gerufen. Auf fast allen Kaya-Büchern ist Sir Whitefoot mit Valeska zu sehen. Später kam Armageddon dazu, ein hübscher, dunkelbrauner Trakehner (der sehr viel Ähnlichkeit mit Castello im Buch hat) und schließlich Andy. Mit diesem Ausnahme-Pony wurde Valeska 2007 doppelte Vize-Europameisterin in der Pony-Vielseitigkeit. Er ist auf dem Cover: »Kaya gibt alles« zu sehen. Und klar könnt ihr euch denken, dass die meisten Kaya-Romane zumindest im Kern der Wahrheit entsprechen. Es gab tatsächlich die Pferde, die wir kurz vor Weihnachten im dichten Schneetreiben auf einer Landstraße eingefangen haben, weil sie ein Bauer ausgesetzt hatte (»Kaya bleibt cool«) und Valeska war tatsächlich bei den »German Friendships« auf dem Bexter Hof in Herford (»Kaya will mehr«) und ist mit Sir Whitefoot mitgeritten.

Bei all den Kaya-Büchern könnt ihr so ein bisschen unsere eigene Geschichte mitlesen – so wie jetzt bei diesem Kaya-Buch auch. Alles gibt es wirklich: *Wait-a-little*, die Farm mit Gerti und Philip, die dort Reitsafaris anbieten, und die *Daktari Bush School & Wildlife Orphanage*. Ich bin dort geritten, übrigens wirklich Castello und Steiner, weil man für eine Woche zwei Pferde zum Wechseln bekommt, und habe Elefanten, Löwen, Nashörner, Krokodile, Giraffen, Büffel und jede Menge anderer Tiere gesehen. Es ist ein ganz besonderes Erlebnis, diesen Wildtieren im Busch gegenüberzustehen. Ich hoffe, ich habe es so geschildert, dass ihr dieses prickelnde Gefühl auch spürt. Wenn ihr mehr wissen wollt, schaut euch die beiden Farmen einfach im Internet an, es lässt einen nicht mehr los. Meine Begegnung mit den Elefanten seht ihr auf dem QR-Code, ebenso die Löwen. Und eines ist sicher – ich fliege wieder dorthin – dann mit meiner Tochter Valeska.

Viel Spaß beim Lesen
und liebe Grüße

Eure Gaby Hauptmann

Gaby Hauptmann
bei den Elefanten

Die spannende Pferdegeschichte mit einer Prise Liebe

Gaby Hauptmann
Frei wie der Wind
Kayas Pferdesommer
Band 1 · 176 Seiten
ISBN 978-3-522-50411-9
ebook

Kaya kann ihr Glück kaum fassen: Im Nobelort Kitzbühel tritt sie ihren ersten Ferienjob an. Und zwar im Hotel „Stanglwirt", das für seine anspruchsvollen Gäste aus dem Jetset bekannt ist – und für das hofeigene Lipizzanergestüt. Für Kaya geht ein Traum in Erfüllung, als sie mit den edlen Pferden ausreiten darf. Doch als ein Gewitter losbricht, macht sie mitten im Wald eine schreckliche Entdeckung ...

PLANET GIRL
Meine Welt voller Bücher!

www.planet-girl-verlag.de

Neun weitere Abenteuer von Kaya als E-Books erhältlich:

Kaya schießt quer
ISBN 978-3-522-65241-4

Kaya will nach vorn
ISBN 978-3-522-65242-1

Kaya bleibt cool
ISBN 978-3-522-65243-8

Kaya ist happy
ISBN 978-3-522-65244-5

Kaya will mehr
ISBN 978-3-522-65245-2

Kaya hat Geburtstag
ISBN 978-3-522-65246-9

Kaya gibt alles
ISBN 978-3-522-65247-6

Kaya schwört Rache
ISBN 978-3-522-65248-3

Kaya rettet Fohlen
ISBN 978-3-522-65249-0

PLANET GIRL
Meine Welt voller Bücher!

www.planet-girl-verlag.de

DAKTARI BUSH SCHOOL &
SAVING OUR ENVIRONMENT THROUGH EDUCATION
DAKTARI is a NGO near Hoedspruit. The mission is to educate and inspire underprivileged children to care for their environment throught the medium of a wildlife orphanage.
The wildlife orphanage allows interactions between children and animals. A hands-on-approach builds a life long connection to ensure the survival of the animals.
www.daktaribushschool.org

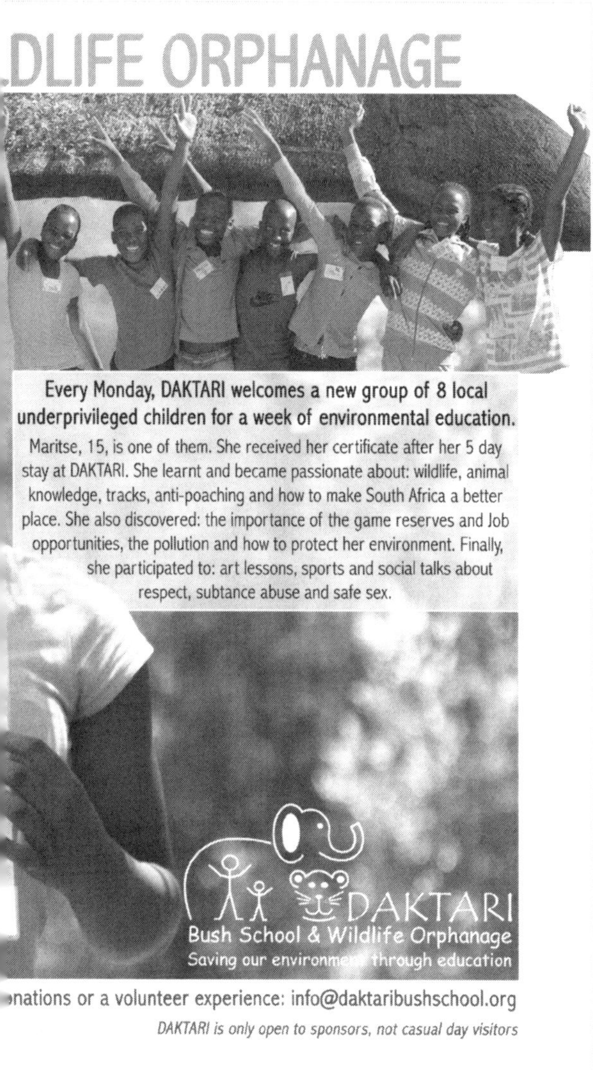

Landkarte der Umgebung des Daktari-Camps

WAIT A LITTLE
African Big Five Horse Safari
safari@waitalittle.co.za www.africanhorsesafari.com